白狼様と神隠しの少女
約束の百年目、神使が迎えにきました

雨咲はな

富士見L文庫

もくじ

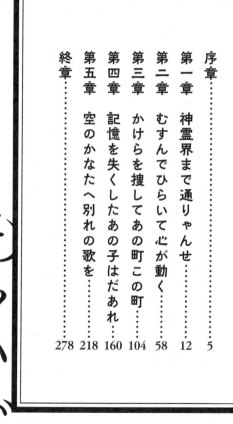

序章

凍えるほどに冷たい風が吹いている。

着物を襷《たすき》掛けにしたまほろは、細い二本の腕で薪の束をよいしょと持ち上げ、分厚い雲に覆われて灰色に染まった空を見上げた。

口から吐く息が白い。雨でも降ったらさらに寒くなるだろう。これから洗濯に取り掛からなければいけないのに、この分だと今日中に乾くことはなさそうだ。

――雨が降ると、お嬢さまのご機嫌が悪くなってしまうなあ。

まほろは眉をハの字にして、心の中で呟《つぶや》いた。

神野木《かんのぎ》家の一人娘である未那《みな》は、少しでも自分の身体《からだ》や着物が汚れるのを嫌う。女学校に行く時も、天気が悪いとひとしきり文句を言い、荷物持ちとして供につくまほろに八つ当たりをするくらいだ。

まほろとしても、風呂敷《ふろしき》包みを抱えながらもう片方の手で未那に傘を差しかけ、なおかつ荷物も未那も絶対に濡《ぬ》らしてはならないという非常に難儀なことになるので、雨はあまり好きではない。

少し憂鬱になりかけて、いやそんな贅沢《ぜいたく》を言ってはいけないと、すぐに自分を戒めた。

今の世の中にはもっと大変な思いをしている人がたくさんいるのだ。洗濯物が乾かないことや未那に叱られることくらいで気落ちしてどうする。

大正十二年、十二月。

九月に起きた未曾有の大震災で、帝都・東京は大打撃を受けた。神野木邸は山の手にある大きな洋館で幸いにしてさほどの被害はなかったが、下町のほうは地震とともに発生した火災で、ほとんど焼け野原のような状態になったと聞く。

少しずつ復興が進んでいるとはいえ、現在も苦しい思いをしている人々は多いだろう。

それに比べてまほろは寝るところと食べるものを与えられているし、天涯孤独の身の上だから家族を失うつらさを味わわなくても済む。そう考えると捨て子というのも悪いことばかりではない。

「……わたしは神野木家に拾ってもらえて運がよかった。ご当主さまへの感謝を忘れず、いつか必ずそのご恩に報いないと」

呪文のようにそう唱えた時、屋敷《やしき》の裏口から顔を覗《のぞ》かせた女中にどやされた。

「ボロ！　何ボサッとしてんだい、こののろま！　早く次の仕事をしな！」

「はい、ただいま！」

飛び上がって返事をし、重い薪を抱えて屋敷の中へ駆け戻る。

まほろは親の顔を知らず、物心ついた時にはすでに神野木家で下働きをしていて、この状況に疑問を抱く機会も余裕もないまま、十六の齢《とし》まで生きてきた。

自分にあてがわれている寝場所が汚い納屋であろうと、食事は一日に二食のわずかなものであろうと、朝から晩まで働かされているのに給金も貰《もら》えない立場であろうと。

……主人一家だけでなく、使用人を含めたこの家の全員から、「まほろ」という名ではなく「ボロ」という蔑称で呼ばれて見下されていようと。

まほろ自身が認識しなければ、そこに「不幸」というものは存在し得ないのだ。

氷のように冷たい井戸水で洗濯を終えると、休む間もなく朝食作りに入る。寒さでかじかんだ指は赤くなり、じんじん痺《しび》れて感覚がなくなっていたが、女中たちはまほろを炎を上げる竈《かまど》には近づけさせなかった。この屋敷では、まほろに楽をさせること、手助けをすることは、まるで禁忌のように全員が避けているのである。

「急ぎな、ボロ！　そろそろ旦那さまがたが食堂にいらっしゃる。準備が終わってないとまた大目玉を喰《く》らうよ！　本当にグズだね！」

「はい！」

食堂のテーブルにクロスをかけ、慌ただしくすべての配膳を済ませると、主人一家が起きてきた。間に合った、と息をつく。

「ボロ、新聞」

「はい旦那さま、こちらに」

腹部にたっぷり脂肪がついている神野木家当主は、新聞を手にして少々窮屈そうに椅子に座った。新聞にじっくり目を通しながら、時々何事かをぶつぶつと呟いたり、貧乏ゆすりをするのが彼の癖だ。

「ボロ、温めた牛乳はあるんでしょうね？」

「はい奥さま、用意してございます」

当主とは反対に、夫人のほうは出入りの庭師に陰でこっそり「鶏《とり》ガラ」と呼ばれるほど痩せている。怒るとものすごく声が甲高くなるので、たまに耳が痛い。

「朝は洋食がいいと言ったじゃないの、ボロ！」

「申し訳ありません、お嬢さま。今は食材が手に入りづらく……」

夫妻の娘である未那は、まほろと同い年の十六歳。女学校をじき卒業となるので、今はよい婿になりそうな男性を探しているところらしい。人目を惹《ひ》く華やかな顔立ちをしていて、一つの傷もシミもないすべすべの肌が彼女の自慢だった。

まほろは彼らからの命令と要望と文句を一手に引き受けつつ、忙しく給仕をする。天気が悪いとか、魚の味が落ちたとか、下働きの身ではどうしようもない罵声に「申し訳ございません」と頭を下げるのも、いつもの朝の光景だ。

しかしこの日は一つだけ、普段とは違うことが起きた。

お茶を淹《い》れている時、窓の外を白い毛並みの動物が素早く横切っていったのである。

――犬？

野良犬が庭に入り込んだのかな、とまほろは目を瞬《またた》いた。

自分以外に気づいた人はまだ誰もいないようだ。見つかったらきっと、棒で叩《たた》かれて追い出されるだろう。その前に逃がしてあげないと……という方向に気が逸《そ》れて、注いでいた急須の口が湯呑《ゆの》みに当たってしまった。

軽い音とともに飛び跳ねたお茶の雫《しずく》が、白いテーブルクロスにじわりと染みを作る。

「あっ……」

「何してるのよ！」

すぐに見咎《みとが》めて眉を吊《つ》り上げたのは末那だった。クロスが汚れた、無作法にも程があると責め立ててくる彼女に急いで謝ったが、まるで聞き入れてもらえない。

新聞をテーブルに叩きつけて椅子から立ち上がった主人は、まほろをその場に跪《ひざまず》かせた。

「まったく頭の足らない小娘だ、これだけ毎日躾《しつけ》をしてやっているのにまだ粗相をするとは。ボロ、おまえがここで安穏と暮らしていけるのは誰のおかげだ？」

「も、もちろん、旦那さまのおかげです」

まほろは床に両手と両膝をつき、頭を深く垂れて答えた。こんな時、他の使用人たちは見て見ぬふりをするか、薄笑いを浮かべて眺めているかのどちらかだ。

「そうだ。わしが拾ってやったおかげで、おまえはこうして生きていられる。わしらは、おまえにとっての大恩人だ。それを忘れるんじゃないぞ」

「はい、決して」

「きちんと言え。いつものようにだ」

「わたしは旦那さまがたから受けた大恩に感謝し、いつか必ずお返しすると誓います」

主人は「ふん」と唇を歪《ゆが》め、床に置かれたまほろの手をぐっと踏んづけた。

その瞳には昏《くら》い愉悦の光がある。幼い頃から何度も同じ言葉をまほろに強要するたび、彼はそういう目になった。

毎日のように繰り返されるやり取りを夫人は楽しげに見ているが、未那のほうはだいぶ飽きがきているようで、「お父さま、お茶が冷めてしまうわ」と唇を尖《とが》らせた。

「お仕置きは後にしてくださらない？　私、今日は女学校なのよ」

「おお、そうだな、学校は大事だ。女学校卒という箔《はく》がつけば、良家の子息に縁づくこともできる。そうなれば、この家はますます繁栄するぞ」

主人は相好を崩して娘を振り返り、ついでのように腕を伸ばしてまほろの小さな頭を鷲《わし》摑《づか》みにした。

「そら、さっさと茶を淹れて、末那の支度をしろ」

髪の毛ごと強引に引き上げられて、まほろは痛みに思わず顔をしかめた。それが気に入らなかったらしく、主人がまた怒気を露《あら》わにする。

「なんだ、これくらいで大げさな。おまえはまだ自分の立場が――」

まほろの髪を摑《つか》んだまま振り回そうとした、その時だ。

ドン！　という大きな音が屋敷内に響き渡った。

「きゃあっ、また地震!?」

末那の叫び声に、全員が硬直する。

下町の悲惨な状況を知った今、それに対する恐怖心は以前の比ではない。この洋館は石造りの建物なので、もしも潰れたら確実に死ぬよねえと不安そうに話していた女中たちはあっという間に恐慌状態に陥り、悲鳴を上げながら食堂の出口に向かって駆けだした。

が、ノブに手をかける前に、扉が派手な音を立て、あちら側から大きく開け放たれた。

「――ここは神野木家で相違ないな？」

現れたのは、武士のような直垂《ひたたれ》を身につけて腰に太刀を佩《は》いた、白髪の青年だった。

第一章　神霊界まで通りゃんせ

唐突な出現の仕方と、見るからに怪しげな風体の闖入者《ちんにゅうしゃ》に、食堂内の誰もが呆気《あっけ》にとられて固まった。

青年のほうはそれにはまったく頓着せず、冷淡な目で一同を睥睨《へいげい》している。年の頃は二十代前半くらいか。短い頭髪は、よく見ると白よりも銀に近かった。老人のような色なのに、引き締まって若々しい彼の相貌と合わせると、なんとなく美しく神聖なものに見える。

こちらに向けられる鋭い目には温度がなく、なんの感情も浮かんでいない。そこに侮蔑さえないのは、自分たちが彼にとってそういう対象にも入っていないからなのだろう。それくらい、青年がまとう空気は異彩を放っていた。

――なにより、気配が違う。

彼には明らかに「人」とは異なる清浄さと存在感があった。相対する者の身を竦《すく》ませるほどの覇気がありながら、決して暴力的でも荒々しくもない。うなじの毛がちりちりと逆立つような感覚はあるが、それは「恐怖」とは違っていた。

人間の身ではどうにもならない、圧倒的なまでの力を持つ相手に対して抱くそれは、「畏怖」と呼ばれるものだ。

青年の視線は室内を一巡し、主人のところで止まった。

「おまえが、神野木《かんのぎ》家の現当主か」

いつの間にかまほろの髪から手を離し、茫然《ぼうぜん》としていた主人は、声をかけられたことでようやく我に返り、「な」と口を大きく開けた。

「な、なんだ、きさまは！　か、勝手に人の屋敷に押し入ってきて……それに、そのおかしな恰好《かっこう》はなん」

「こちらの質問に答えよ」

怒りで顔を真っ赤にし、人差し指を突きつけて糾弾しようとした言葉は、青年によってぴしゃりと遮られた。

じろりと睨《にら》みつけてくる彼の目は、日本人ではほぼ見られない琥珀《こはく》色だ。威圧感を伴うその輝きに呑《の》まれたように、主人は一歩後ずさった。

「……そ、そうだ、わしがこの家の当主だ」

「では判《わか》るな？　俺は神の使い、狭霧《さぎり》。約束の期日が来たので、我があるじの命により、預けたものを返してもらいにきた。速やかに引き渡しをせよ」

自らを「神の使い」と称した青年――狭霧は当たり前のような顔で要求したが、主人のほうはぽかんとしている。どう見ても何も判っていないその表情と態度に苛《いら》ついたのか、狭霧の目に険が宿った。

「ぐずぐずするな。猥雑《わいざつ》な人間界は俺の性に合わん。この箱は特に、そこかしこが悪意にまみれていて気分が悪い。用件を済ませたらすぐに帰る」

急《せ》かすように言われて、どす黒い顔色になった主人は首をぶんぶんと横に振った。憤懣《ふんまん》やるかたない様子なのにその場から動かないのは、相手の腰にぶら下がっている太刀を気にしているためなのだろう。

「人違いだ！　わしはきさまを知らん。預かったものなど何もない！　そ、そうか、言いがかりをつけて金をせびり取ろうという魂胆――」

「金だと？　ふざけるのも大概にしろ」

狭霧が眉を上げる。それだけでピリッと場の空気が張り詰めて、何もできず立ち竦んでいた女中たちは顔を青くした。

「神野木家当主に代々伝わっているものがあるはずだ。知らないとは言わせない。おまえたちは今まで、その『見返り』もしっかり受け取っていただろう」

その言葉に、主人と夫人が揃《そろ》ってはっと目を見開く。

思い当たることはあるようだが、二人ともそのまま唇を引き結んで黙りこくった。

「やっと判ったか？　あれは我があるじがその昔、神野木家の者に貸し与えたものだ。期日満了に伴い、返却を求める。早くここに持ってこい」

「へ、返却だと……？　あ……あれは」

主人は視線をうろうろさせ、喘《あえ》ぐように声を絞り出した。衝撃と憤怒《ふんぬ》をなんとかこらえようとしているのか、ぐっと固められた拳が小さく震えている。

「あれはもう、わしのものだ……誰にも渡さん」

「──なんだと」

狭霧の声がすうっと低くなった途端、室内の温度が一気に下がった。食堂内にはちゃんとガスストーブがあるのに、いきなり外と変わらないような寒さを覚えて、全員がぶるっと身を震わせる。

「しょ、証書でもあるのか。大昔に交わされた約束なんて、わしの知ったことじゃない。あれだけは絶対に手放すわけにはいかん！」

「神との約束に証書など必要ない。それを違《たが》えるという意味が本当に判っているのか。預かりものを返さないのは盗人《ぬすびと》と同じだ、罪に見合った罰を受ける覚悟があるんだな？」

そう言いながら、狭霧は腰の太刀に手をかけた。カチリと小さな音が鳴る。刀剣など模造品ですら見たことのない主人は「ひっ」と悲鳴を漏らし、蒼褪《あおざ》めた。

「だ、だが、あの壺《つぼ》は」

「壺？　何を言っている。返してもらうのはそちらではなく、『石』のほうだ」

「石？」

互いに疑問を出して、顔を見合わせる。

「石だと……そんなものは知らん」

主人は啞然《あぜん》とした顔で、呟《つぶや》くように否定した。

狭霧が鞘《さや》から刀身を引き抜こうとするのを見て、慌てて掌《てのひら》を向け「待て、本当に知らんのだ！」と喚《わめ》いた。

「つ、壺を持っていかないのなら、いくらでも家捜ししたって構わん。とにかくそんなものは知らんし、一度も見たことがない！」

主人にとって大事なのは「壺」のほう、ということらしい。手元に「石」があれば今すぐに渡して追い返してやるものを、と言いたげな顔を見て、狭霧は柄から手を離した。知らないという返答に嘘《うそ》はないようだ、と判断したのだろう。

不愉快そうに口を曲げ、眉根を寄せる。いかにも「面倒なことになった」という顔つきで、大きなため息をついた。

「壺はあるのに肝心の石がないとは……では神野木家当主、俺と一緒に来てもらうぞ。あるじの前で、この件についての申し開きをせよ」

罪人に対するように言い渡されて、主人は仰天したように目を剝《む》いた。

「冗談じゃない、どうしてわしが！」

「当然だろう、あの石はなんとしても返してもらわねばならん。おまえには当主としての責任がある」

「断る！　石なんぞ勝手に捜して持っていけばいいだろう。きさまのように得体の知れないやつの言うことなど聞けるか！」

「……確かに、おまえではまともな話は期待できそうにないな。あるじに無礼な態度をとることが容易に想像できる。では代わりに、妻か子か」

「い、嫌よ！」

父親のいざこざに自分まで巻き込まれてはたまらないと窓際まで避難していた末那《みな》は、血相を変えてきっぱりと拒否した。

「私は関係ないわよ！　石だの壺だの、何を言ってるかさっぱり判らないもの！」

「わ、私だって！　変なところに連れていこうとしたら、警察を呼びますからね！」

同じく主人から距離を取っていた夫人が、自分の娘をひっしと抱きしめて甲高い声で言い立てる。空気を引っ掻《か》くようなその声に、狭霧はうるさそうに片方の耳たぶを指で摘まんだ。

「では、力ずくで引きずっていくしかない」

抑えられた声音は剣呑《けんのん》な響きがある。

武士のような衣装に包まれた狭霧の身体《からだ》は見るからに逞《たくま》しく、背丈もある。重そうな太刀を腰から下げているのに、いささかも重心がぶれていないのは、それだけ鍛えられているということだろう。

彼がその気になれば、三人同時に抱えることすら造作もないのでは……と思い至ったのか、主人一家は顔を引き攣《つ》らせた。

「そ、そうだ！　だったらこいつを連れていけ！」

「えっ」

いきなり主人に腕を摑まれて、まほろは目を真ん丸にした。

乱暴に背中を突き飛ばされ、その勢いのままよろめくように前へと出る。二、三歩進んでなんとか踏みとどまると、すぐ正面には直垂姿の狭霧が腕を組んで立っていた。

五尺にも満たない小柄なまほろにとって、六尺はゆうに超えそうな彼は、上を向かないと顔も見えないくらい高い。おそるおそる振り仰ぐと、琥珀色の瞳がこちらをじっと見下ろしていて、その冷ややかさに心臓が凍りつきそうになった。

他の女中たちと同様、ただ事態を眺めていることしかできなかった自分が、こんな唐突に問題の渦中に据えられるとは想像もしていなかった。何を言えばいいのか、どんな態度を取っていいのか、さっぱり判らない。

大型の獣の前に差し出された小動物のように、ただ震えるばかりだ。

「なんだ、この娘は」

上のほうから降ってくる無感動な声に、身を竦ませる。

「こ、こいつは、神野木家の末娘だ。この家の者なら誰でもいいんだろう？　ならばこれをわしの代わりとして連れていけばいい」

びくびくしながら後ろを振り返ると、主人に凶暴さを孕《はら》んだ目でぎろりと睨みつけられた。わしの言うことを否定するな、おまえは黙って聞いていればいいんだと、振り上げる拳とともに頭と身体に叩《たた》き込まれた命令が、声にならなくてもまほろに届く。

「——娘、当主はこう言っているがどうなんだ。本当のことを話せ」

狭霧に問いただされて、ピクッと肩が揺れた。

本当のこと？

自分は親に捨てられた孤児で、この神野木家に拾われてから彼らの慈悲に縋《すが》って生きてきただけの寄る辺ない身の上で、ここから放り出されたらもう行き倒れて死ぬしかない、ということを？

「わ、わたし……」

ぐっと手を握る。取るべき行動に迷うことはほとんどなかった。この場合、まほろが言わねばならない台詞《せりふ》は一つしかない。

「わたしが、神野木家の末娘です。御使《おつか》いさま、どうぞわたしを、だん……いえ、と、当主の代わりに連れていってくださいまし」

お願いいたします、と頭を下げて頼み込む。

狭霧はまほろを無言で見下ろしてから、歪《ゆが》んだ笑いを浮かべている主人一家に視線を向けた。そちらからも、使用人たちからも異議が出ないことを確認し、なんとも嫌そうに顔をしかめてため息をつく。

「……判った。どちらにしろ、事情の聞き取りはせねばならん。一緒に来い」

最後まで言い終わらないうちに、まほろの身体がふわっと浮いた。足の裏が床を離れ、視線がぐんと上のほうにくる。荷物のように肩に担ぎ上げられた、と認識した時にはすでに、狭霧は踵《きびす》を返してすたすたと歩きだしていた。

なすすべもなく運ばれながら、食堂内に目を向ける。

そこにいる全員が、やれやれやっと嵐が過ぎ去った、というように安堵《あんど》の息を吐き出していた。誰一人としてまほろを気にするどころか、こちらを見ることさえしない。

……まるで本当に「不用品」として処分されるみたい、と胸の片隅で思う。

まだ名前のついていない感情が小さく蠢《うごめ》いたが、それがきちんとした形になる前に、まほろはいつものごとく、それを胸の底へと押しやって潰した。

仕方がないのだ。自分が取るに足らない存在であることは、まほろ自身がいちばんよく知っている。こうなったからには、せめて身代わりとして役に立てるよう考えなければ。

あるじの前で申し開きを、と言っていたが、これからどこに行くのだろう。「神の使い」

ということは、彼のあるじは「神」ということなのだろうか。神さまの住まいはどのあたりにあるのか、まほろはこれまで聞いたことがなかった。

この先、我が身に起こることがまるで判らず不安と困惑でいっぱいのまほろを担いで、狭霧は大股でずんずん廊下を進んだ。

迷うことなく厨房《ちゅうぼう》に入り、裏口から外へと出る。

冷たい風がびゅうっと吹きつけたが、狭霧は寒がるような素振りもなく、裏庭を歩いていった。

使用人と商人しか使わない通用門から敷地《しきち》外へ出るのかと思ったが、狭霧が向かうのはそちらではないようだ。まほろは首を後方へ捻《ひね》り、彼が一直線に歩を進める方向にあるものを目にしてうろたえた。

「あの……御使いさま」

「なんだ」

おずおず話しかけると、不愛想だがちゃんと返事をしてくれた。一応、物ではなく人扱いはしてくれるのだなと思って、ホッとする。

「この先には、井戸しかございませんけども」

「知っている」

「井戸水は冷たいですよ」

「喉が渇いたのでしたら、温かいお茶をお淹《い》れしましょうか」

「そんな暇はない」

そこまで切羽詰まっているのだろうか。どこに行くのかは判らないが、もしかして目的地はうんと遠いのかもしれない。それで汽車の出発時間が迫っているとか……？

などということを考えていたまほろは、狭霧がやにわに井戸の端に足をかけたのを見て、ぎょっとした。

「えっ、あの御使いさま、ちょっとお待ちを」

「口を閉じていろ、舌を噛《か》むぞ」

「し、舌を噛むか、井戸に身投げするか、どちらかを選べということですか」

「何をわけの判らんことを言っている」

まほろにとって、わけが判らないのはこの状態のほうである。百歩譲って、自分だけを井戸の中に投げ込もうとしているのならまだ理解のしようもあるのだが、狭霧はなぜか、まほろを担いだまま絶妙な均衡をとって井戸の縁にすっくと立っている。

蓋のない井戸を覗《のぞ》き込めば、はるか下に黒々とした水面が小さく見えて、背中が寒くなった。ここから落ちたらどう考えても助からない。深くて暗くて冷たい水底に沈み、骨になって朽ちていくだけだ。

「だからなんだ」

「お、落ちますよ！」

「落ちるんだ」

「落ちたら這《は》い上がれませんよ！」

「上がるつもりはないからな」

「死んじゃいますけど！　あっ、つまり神さまのところに行くって、そういう……!?」

「もう黙ってろ」

ようやく合点《がてん》がいったと声を上げたまほろに、狭霧はうんざりした表情で言った。

そして、普通に歩くのと同じくらいの気軽さで、足を一歩前へと踏み出した。

そこにはもう、着くべき地面や床はない。ひゅっと吸い込まれるように身体が落下し、内臓が持ち上がるような浮遊感を覚えた。

「えええええ～！」

まほろは強く目を瞑《つぶ》った。


水の冷たさを覚悟して身を縮め、奥歯を食いしばったが、いつまで経《た》っても激しい水音は聞こえない。

疑問を抱くと同時に、今の自分がもう落下していないことに気がついた。

落ちていないのだから、すでに井戸の底に着いたということだ。しかし水の中に沈んでいく感触もなかったし、着物も濡《ぬ》れていない。朝方、確かに井戸から水を汲《く》み上げたから、枯れていたということはないはず。

それに冷たいどころか、なんだか妙に暖かいような……？

そろそろと目を開けると、視界いっぱいに鮮やかな色彩が広がっていた。

「え……」

まほろは一瞬、息をするのを忘れた。

そこにあるのは水のあぶくでも井戸の暗い壁でもなく、穏やかな陽光が降り注ぐ、外の景色だったのである。

神野木家の裏庭ではないし、まほろが知るどんなところとも違う。これまで一度も見たことがないような、美しい場所だった。

今は寒風が吹きすさぶ真冬、空は灰色の雲に覆われていたのに、ここは春のようにうららとした温暖な気候で、からりと晴れ上がった蒼天《そうてん》には白く薄い雲がゆったりとたなびいている。

下の地面では色とりどりの花々が咲き乱れ、優しく吹いてくる風にゆらゆらと花弁を揺らしていた。

目を上げると、はるか遠くに連なる山々の姿まで見える。

ここには家も、電柱もない。その代わり、緑の葉を茂らせた木がそこかしこに立っていて、白い肌に紅を薄くはたいたような色合いの果実をたくさんつけていた。

「もう降ろすぞ。ここから先は自分の足で歩け」

ぶっきらぼうな言葉とともに、狭霧が上体を折ってまほろをすとんと降ろした。足元の地面は硬くはなく、ふわふわとしている。雲の上にいるかのようだ。

ぽうっとした表情で周りの風景に見惚《みと》れていたまほろは、まだ夢心地のまま狭霧を見上げた。

「御使いさま」

「なんだ」

「……あの世とは、こんなにも綺麗《きれい》なところだったのですねえ」

しみじみと感じ入る。

このような形で人生が終わるとは思っていなかったが、痛くもなければ苦しくもなかったし、これほど美しい場所に来られたのなら、それはそれで悪くないのではないかという気がした。

「なにがあの世だ。ここは『神霊界《しんれいかい》』。おまえは死んでいないぞ」

呆《あき》れたように狭霧に言われて、目を見開く。

「神霊界？」

「我があるじが守護しておられる世界――人間界とは対をなして存在している別の世界、ということだ」

「別世界……そ、そのような世界が、お屋敷《やしき》の井戸の下にあったとは知りませんでした。するとここは空の上ではなく、地面の中ということなのですか」

「いや、井戸の下ではなく、たまたま出入り口として繋《つな》いだのがあの井戸というだけの話で、地中に潜ったわけでは……ああ、もう、説明は後だ！　ついてこい」

面倒くさそうに投げ出すと、狭霧はくるっと背中を向けて歩きだした。

まほろは慌てて小走りで彼を追ったが、ずいぶんと自分の身体が軽いような感じがした。朝から晩まで酷使されて溜《た》まりに溜まった疲労が、跡形もなく消えている。常にどこか怪《け》我《が》をしていた手足も痛くない。

やっぱりここはあの世で、自分は魂だけになったのではないかと思って頬をつねってみたら、ちゃんと痛かった。どうやら本当に生きているらしい。

不思議な場所では不思議なことが起こるものだと思いながら足を動かしていたら、やがて目の前に白くて長い築地塀《ついじべい》が見えてきた。ここに来てはじめて目にする建造物だ。

数の多さで格式を表すという壁の筋は、最高格の五本。塀の中央にどんと構えた大きな門は、檜皮葺《ひわだぶき》の切妻《きりづま》屋根が四脚の太い角柱によって支えられている立派なものだった。

見るからに貴人が出入りする場所だというのは判《わか》ったが、門の前に番人や警護の者らしき姿はない。

「ここは……？」

「御所だ。ここにあるじがおられる」

「御所……」

狭霧は臆することもなく、堂々とその門を通っていく。まほろは手前で立ち止まり、自分を見下ろした。

「どうした」

振り返った狭霧に訊《たず》ねられ、恥じ入りながら頭を下げる。

「あの、わたしは裏門を使ったほうが……このような恰好《かっこう》ですし、履物もなく」

神野木家の食堂から担がれてここまで来たので、まほろは裸足《はだし》のままなのだ。屋敷は洋館だったため板敷きの部屋ではみんながスリッパを履いていたが、まほろには与えられていなかった。

真っ黒に汚れた足と着物で、この門を通るのは失礼に当たるだろう。使用人が使う小さな門があるのならそちらから……と続けようと思ったら、狭霧がはじめて気がついたようにまほろの足元を見て、「ああ、そうか」と片眉を上げた。

「人間というのは、履物がないと歩きづらいのだったな」

そう言いながら歩み寄ってくる。

あちらに廻《まわ》れと指示されるのかと思ったら、いきなりひょいっと抱き上げられた。

さっきまでのように肩に担ぐのではなく、片腕に乗せて持ち上げられたのだ。狭霧の精《せい》悍《かん》な顔がすぐ間近に迫った上に、着物からはいい匂いがして、まほろは狼狽《ろうばい》した。

「あ、あの、御使いさま、わたし自分で歩けます」

「足裏が痛いんだろう？　俺はそういう感覚は判らんが……肉球がないのは不便だな」

「に、肉球？　いえ、痛いのではなく、汚れているので」

「汚れて？　あ、そうだ、どちらにしろおまえを着替えさせねばならんのだった。ついでに頭から足まで洗ってもらえ。ぐずぐずしていると日が暮れる」

「は？　洗って……」

聞き返す間もなく、狭霧は急ぎ足になった。普通に歩くだけでも速いのに、ほとんど走っているのと変わらない。

「そういえば、おまえ、名はなんというんだ」

その高速移動の最中に、狭霧に問いかけられた。振り落とされないようにしがみついているのが精一杯のまほろは目が廻りすぎて、ちっとも頭が働かない。

わたしの名前？　なんだっけ、「ボロ」だっけ？

いや違った。

「ま、まほろ、です」

「まほろだな、判った」

舌を噛みそうになりながら名を告げると、狭霧は頷《うなず》き、さらに速度を上げた。

敷地内のもう一つある門を通り、回廊を進んでいく。

素早く流れていく景色はよく見えなかったが、御所の敷地はとんでもなく広いらしいこと、建物がいくつかに分かれて立っていることくらいはなんとか呑《の》み込めた。

「今、戻った」

狭霧が足を止めたのは、複数ある建物のうちのどれかで、その中のどこかの一室だ。ずっと視界がぐるぐるしていたまほろには、ここが敷地内のどのあたりなのかもまるで判らない。

開放的で広々とした部屋は板敷きだが、神野木邸のような洋風の意匠はどこにもなかった。丸柱が立っているだけの空間は壁も窓も障子もなく、手すりのある簀子縁《すのこえん》に囲まれて、部屋との仕切りとしての簾《すだれ》が丸めて上げられている。

焚《た》かれた香がふんわりと漂っていることもあり、まほろはだんだん頭がぼんやりしてきた。その日一日を生き抜くのがやっとという生活が長すぎて、そもそも難しいことを考えるのは慣れていない。

ここがどういう場所かということよりも、清潔に磨き抜かれたこの部屋に自分のような者が入ってもいいのかという卑近なことのほうが、ずっと気になってしまう。

「おかえり、狭霧」

白の単衣《ひとえ》に緋袴《ひばかま》という装束の若い女性が三人、ふいに現れた。室内のあちこちに置かれた几帳《きちょう》や屛風《びょうぶ》の陰から出てきたように思ったが、今まで人の気配はなかったはずだ。物音も一切立てず、どこに隠れていたのだろう。

彼女らもまた、普通の人とは明らかに異なる姿をしていた。

一人は卵のようにつるんとした真っ白な肌の持ち主で、唇から覗く舌はずいぶんと長いように思える。全体的に繊細な身体《からだ》はくねくねとして柔らかそうだ。

もう一人は、果たしてこれで物が見えるのかと思うくらいに目が細い。その目が吊《つ》り上がっているのできつい顔立ちに見えるが、物腰はおっとりしている。

最後の一人は、非常に耳が長かった。耳たぶが大きな人は見たことがあるが、彼女の場合、ぴんと上に伸びている。くるりとした丸い目は、泣き腫らした後のように真っ赤だった。

衣装は三人同じだが、彼女らの髪型はそれぞれ個性的だ。白い肌の女性は長い髪を床近くまで垂らし、目が細い女性は肩のところで切り揃《そろ》え、長い耳の女性は二つのお下げにしている。

「おやおや、お客さんだ」

「何年ぶりかねえ」

「今度は女の子かえ」

三人は狭霧を取り囲み、彼に抱かれているまほろを好奇心も露《あら》わに覗き込んだ。

珍しいおもちゃを見つけたような喜び方だったが、とりあえず叱られたり怒鳴られたりすることはなさそうで、まほろは小さく息をつく。

狭霧はまほろを降ろすと、彼女らに向かって簡単に事情を説明した。話しぶりは対等なので、どちらが上でどちらが下ということではないらしい。

「――というわけで、ヌシさまにお目通りさせる前に、こいつをもう少し身綺麗《みぎれい》にしてやってくれ」

「承知した。こんな機会は滅多にない。私らも楽しませてもらおうじゃないか」

狭霧の頼みに、目が細い女性が胸を叩《たた》いて請け負う。

「よろしくな」

そう言うと、狭霧はさっと身を翻し、すたすたと部屋を出ていった。

遠ざかる足音はほんの一瞬聞こえただけで、すぐにふっつりと途切れてしまう。まるで彼そのものが消え失《う》せたように。

置いていかれたまほろは、急に心細くなった。彼がいないと、途端にここが夢なのか現実なのか覚束《おぼつか》なくなって、不安になる。

「あれあれ、そんな心配そうにせずとも、取って食いやしないがねえ」

耳の長い女性にコロコロ笑われて、はっとした。

神がお住まいになる御所内にいて、狭霧と同等の立場であれば、この女性たちもまた「御使いさま」ということなのだろう。まほろは慌ててその場に正座し、床に手をついた。

「あ、あの……このような見苦しい恰好で、まことに申し訳あり」

「まあまあ、堅苦しいことはいいじゃないか」

「そうとも、どうせこの後、ヌシさまにご挨拶しなきゃならないんだから」

どうやら「ヌシさま」というのがこの場における神さまの呼び名であるらしい。彼女らの態度や口調からは、その存在に対する尊敬と信頼が伝わってくる。

「私は『いずな』だよ」

目の細い女性が名乗ると、続けて白い肌の女性が「カヤ」、耳の長い女性が「春日《かすが》」と、それぞれ名前を教えてくれた。

「は、はい。いずなさま、カヤさま、春日さま、ですね。わたしはまほろと申します」

頭を下げたまほろは、カヤによってひょいと後ろ襟を摑《つか》まれ、再び抱き上げられた。

……ん？

「そうかいそうかい、じゃあまほろ、湯殿に行こうかねえ」

「えっ」

「私たちがうんと綺麗に磨いて、お世話してあげるから安心おしよ」

「ええっ」

　春日にニコニコしながら言われて、今まで誰かの世話をしたことはあれどお世話されたことなど一度もないまほろは驚愕《きょうがく》した。

「と、とんでもございません！　あの、水と盥《たらい》があれば自分で洗いますから」

「そんなの、つまらないよ」

　どこから取り出したのか、いずなは紐《ひも》を手にしている。まほろの手足を縛るのかと思ったら、彼女は一瞬のうちにその紐で自分の単衣を襷《たすき》掛けにした。

「私たちに任せておおき」

「身を清めたら、次は着物を決めなくちゃ」

「どれを着せようかねえ」

「髪は誰が整える？」

「私が」

「私だよ！」

　拾った仔猫《こねこ》の面倒を誰が見るか、というような調子で賑《にぎ》やかに騒ぎながら、三人は必死で辞退しようとするまほろを強制的に湯殿へと運んでいった。

狭霧がまた戻ってきた時、まほろは三人の女性によって全身を清められ、未那でさえ持っていなかったような豪華な振袖を着せられて、放心状態で座っていた。

後ろで適当に括《くく》っていたボサボサの髪の毛は丁寧に梳《す》かれ、鬢《びん》油までつけられて、艶々と輝いている。いずなと春日とカヤはどんな形に結うべきかで延々と討論を続けていたが、結局「玉結び」にしようということで落ち着いた。一本に結んだ髪の先を丸めて輪にした型である。

装飾品は櫛《くし》がいいか簪《かんざし》がいいかリボンがいいかと、これまた揉《も》めた挙句、花飾りのついた簪が挿されることに決まった。小さな花が五つ連なった飾りが三本下に垂れていて、頭を動かすたびにシャランとかすかな音が鳴る。

ちなみにまほろは身体を洗われている最中も、身なりを整えられている間も、とにかく最初から最後までずっと「とんでもない」「滅相もない」「勿体《もったい》ない」と遠慮し続けていたのだが、三人はまったく聞く耳を持ってくれなかった。

「だいぶマシになったな」

狭霧はまほろの姿を一瞥《いちべつ》して、あっさりと言った。

「なんだい、それだけかい」

「相変わらずの朴念仁だねえ」

飾り立てたまほろを自慢げに見せびらかしていた春日たちは、一様に不満そうな顔つきになった。

「もうちょっと言うことがあるだろうに」

「何を言うんだ？　ヌシさまの御前にお連れするのに問題ない服装をしていれば、それでいい」

「だとしても、こういう時は、綺麗《きれい》になったなと褒めてやるもんさ」

「褒める？　俺が？　おまえらを？　それともまほろを？　なぜ？」

まるで意味が判らないという顔で首を傾《かし》げる狭霧に、三人が「だめだこりゃ」というように目くばせし合う。彼女らのその態度にちょっとムッとしたのか、狭霧が改めて身を乗り出し、まほろをじっと見つめた。

上から下まで検分するような視線でいたたまれない。まほろは両肩をすぼめてもじもじした。

「……うん、汚れが落ちて、綺麗になった」

「あんたはもう黙っておき」

カヤにぴしりと叱りつけられ、「指示されたとおりの言葉を出したのに」と狭霧がますます不可解そうに口を曲げる。たぶん、こういうことが根っから得意ではないか、まほろに対して完全に興味がないかのどちらかなのだろう。

「まあいい。まほろ、準備が済んだら行くぞ。ヌシさまがお待ちだ」

「は、はい！」

まほろは返事をしてぱっと立ち上がろうとしたが、すぐに思い直し、そろりと慎重に身体を動かした。

綺麗な振袖は自分には不釣り合いすぎる品だが、三人の御使いさまたちが「どんな色、どんな柄がまほろに似合うか」と頭を悩ませて選んでくれたものなのだ。要らなくなったからと放るように与えられた、ぺらぺらの古着とはわけが違う。

間違っても汚したり皺《しわ》をつけたりしないよう、気をつけなければ。

三人のほうを向いて、まほろは深々と頭を下げた。

「……どうもありがとうございました。あの、お借りした着物と簪は、後でまたお返しにあがりますので」

「ああ、いいんだよ。その着物は『人間用』で、私たちにはもともと用無しなのさ。たまに来るお客さんのためにあるものなのだから、返さなくても大丈夫」

いずなが言うと、春日が残念そうに長い耳をぴくぴく動かした。

「他にもいろいろあったんだがねえ。今の人間界では、洋装も流行《はや》っているんだろう？　そちらも試してみたかったよ。一度、ドレスの着付けをしてみたかったのに」

振袖に決まるまでもあれこれ着せ替えさせられたのに、この上ドレスを着せられていたかもしれなかったのかと、まほろはこっそり冷や汗を拭った。見せられた数多《あまた》の衣装の中には十二単《じゅうにひとえ》も含まれていたから、そちらが選ばれなくてよかった。

「そうそう、狭霧、ちょいといいかい」

いずなが狭霧を手招きして顔を寄せ、ひそひそと何事かを耳打ちする。彼女は目が細いせいで表情が判《わか》りづらいのだが、耳を傾けていた狭霧は少し眉を寄せた。

「……了解した」

「でも私たちは何もしていないよ。決まりだからね」

「判っている」

狭霧は短く答えると、まほろに向かって「ついてこい」と合図した。

「はい。それではいずなさま、カヤさま、春日さま、行ってまいります」

「ああ、行っておいで」

三人の「御使いさま」が微笑《ほほえ》んで、ひらひらと手を振る。

まほろはぱちりと目を瞬《またた》くと、その場に突っ立ったまま胸のところに手をやった。

「ん？　どうしたんだい、帯が苦しいのかね」

「あ、いえ」

カヤに訊《たず》ねられて、慌てて首を振る。

「自分が出かける時、誰かに手を振ってもらったことが一度もなかったので……なんだか胸のあたりが、じわじわするような感じがしたのです。あの、すみません、変なことを申しまして」

「――そうかい、一度も」

我ながら要領を得ない返事をしてしまったが、カヤたちは揃って眉尻を下げながら目を細め（いずなは本当に糸のような目になった）、なぜか三人がかりでまほろを取り囲んで、頭を撫《な》でたり肩を叩いたり背中をさすったりしてから送り出してくれた。

狭霧について、渡り廊を歩く。

今度は抱き上げられることはなかったが、振袖姿のまほろが一生懸命彼に追いつこうとふうふう息を切らしていたためか、進む速度はかなり抑えめになった。

それでようやく、周囲に目をやる余裕ができた。

御所の建物はいくつかの殿舎に分かれており、それらが長い廊下によって繋《つな》がっているらしい。廊下から見える庭は広大で、池もあれば、枯山水もある。青々とした葉をつける木々は夏のような爽やかさだが、一方では満開の桜もあり、かと思えば真っ赤に色づいた紅葉もあった。どうもこの世界には「季節」というものはないようだ。

建物内は厳かな空気に満ちていたが、他の人の姿は見かけず、しんとしている。

「ここが正殿だ。ヌシさまがいらっしゃる」

ひときわ大きな殿舎に入ると、狭霧がそう言った。

簀子縁《すのこえん》を進んでいき、下まで垂れた簾《すだれ》の前で片膝をつく。まほろはきちんと膝を揃えて座ると、床に手をついて身を伏せた。

緊張のあまり、心臓が大暴れして口から飛び出しそうだ。「偉い人」といえば神野木家の主人しか知らないまほろに、きちんとした礼儀作法など身についているはずがない。失礼があったらどうしよう。すぐに狭霧の太刀で首を刎《は》ねられてしまうのだろうか。

「ヌシさま、神野木家の関係者をお連れしました」

狭霧が中に向かって声をかけると、するすると簾が巻き上がった。他に誰かがいるのかと思ったが、平伏《ひれふ》しているまほろには確認ができない。

簾がすべて上がってから、一拍置いて、

「──顔を上げなさい」

という、静かで落ち着いた声がかけられた。

「は、はい」

まほろは一度息継ぎをしてから、ぎこちなく顔を上げた。

正面奥の御座に、一人の老人が座っている。御座の前にある御簾《みす》は下りていなかったので、その全体像を見ることができた。

狭霧と同じく白髪だ。こちらは長く伸ばされて、下のほうで一つに結ばれている。そして髪だけでなく、眉も口髭《くちひげ》も顎髭《あごひげ》も真っ白で長かった。垂れ下がった眉と髭《ひげ》が一体となって白い水干の前身頃を覆っているので、もはやどれがどれだか判らない。顔のほうも、眉で目が、口髭で口が隠されていて、かろうじて鼻が見えるくらいだった。

——このお方が「ヌシさま」。

狭霧は迂闊《うかつ》に近寄れば弾《はじ》かれそうな雰囲気があるが、そこにいる神には静謐《せいひつ》な気高さがあった。

ヌシさまは小さくうんうんと頷《うなず》いた。髭がもぞもぞと動く。

「もそっとちこーうよりなさい」

「は……？」

ゆったりとした口調で何かを言われたが、よく聞き取れない。

困惑して狭霧を見ると、彼は少し苦々しい顔をして、「もう少し近くへ寄りなさい、とおっしゃっている」と小声で教えてくれた。

ちょっと迷ったが、それが命令ならば従わねばならないだろう。まほろは身を低くしながら進み、ぎくしゃくと簀子縁から室内へと入った。

丸柱の近くで膝を折ろうとしたら、

「もそっと」

と言われた。

戸惑うまほろに、ヌシさまがこっちこっちと手招きしている。遠慮しながらじりじりと少しずつ進むたび、「もそっと」「もそっと」と求められるため、最終的にまほろは御座のすぐ前、ヌシさまと向き合う形で座ることになった。

だらだらと汗が流れ落ちる。本当にこの距離と位置でいいのだろうか。

「齢《とし》をとると、目がよう見えんし、声も聞こえにくくてのう」

見えないのは眉で目が隠されているからではないかな、と心の中で思ったが、もちろんそんなことは口に出せない。

「名はなんというたかのう」

「ま、まほろと申します」

「おお、さよか、まほろか、よい名じゃ」

ヌシさまはまたうんうんと頷いて、「よい名じゃのう」と繰り返した。眉毛の奥にある目が優しく細められているのではないかと思えるような、温かい声音だった。

「……大体の事情は、狭霧から聞いておる」

穏やかな口調だったが、「事情」という言葉に含まれた重々しい響きを感じ取って、まほろは身を固くした。

そうだ、自分は神野木家当主の代わりに、まったく詳細が判らない「石」についての申し開きをせねばならないのだった。

「白霊石《はくれいせき》の所在が不明であると。困ったのう」

あまり困っているようには聞こえない、のどやかな言い方だ。しかし長い眉はわずかに下がった気がした。

「白霊石、です……で、ございますか」

「よいよい、話しやすいように話しなさい。舌を噛《か》みそうじゃあ」

まほろにそう勧めてから、ヌシさまはふむと頷き、

「――そも、この神霊界というのは」

ゆるゆると説明をはじめた。

「人間界とは裏と表の関係で存在している世界である。あちらが在るからこちらが在り、こちらが在るからあちらが在る。二つの世界は交わらず、互いの世界に干渉しないのが理《ことわり》じゃ。不変の法則、と言えばいいかのう。よって、この神霊界の守護者たる儂《わし》は、人間界には決して行けぬ。ここまでは、判るかの？」

「は、はい」

確認されて、まほろは首肯した。

ヌシさまの話はものすごく難しい「世界の在り方について」を内包しているのかもしれないが、とりあえず今は「人間界と神霊界という二つの世界が同時に存在している」ということだけ理解すればいいのだろう。

「しかし儂は行けなくとも、そこにおる狭霧のような神使は、双方の世界を行き来することが可能じゃ。神使らは時に、あちらの様子を把握するため人間界へと赴く。この神霊界の気が乱れぬよう、あちらからこちらに流れ来る『悪いもの』を監視し、防がねばならぬからのう」

人間界には行けないヌシさまの代わりに、あちらを見てくるのが神使たちの役割ということかと、まほろはもう一度頷いた。「悪いもの」が何を指すのかは判らないが。

「そして、まほろのような人間も、こちらに来ることができる。今回おぬしは狭霧が連れてきたわけじゃが、そういうのは非常に稀《まれ》で、多くの場合は『迷い込む』という形で神霊界に足を踏み入れる」

「迷い込むのですか」

「うむ。なんじゃろなあ、時間とか場所とか月の満ち欠けとか、いろーんな条件が重なると、二つの世界の間に人が通れる道ができてしまうんじゃろうなあ」

詳しいことはよう判らん、と言いつつ首を傾《かし》げる。ほとんど動かないヌシさまは、そんな仕草も非常にゆっくりだ。つい、まほろも一緒に首を傾げてしまった。

「それでも、滅多にないことではある。神霊界に迷い込んできた人間は、神使たちにとっての『お客さん』じゃからの、できるだけ丁寧に扱って、人間界に返してやることにしておる」

それで「人間用」の着物がたくさんあったのか、とまほろは納得した。あれは、たまにこちらへ迷い込む人間のために用意されているものだったのだ。

「――こちらに迷い込み、ふっつりと姿を消して、いつの間にかまた戻ってくる人間のことを、あちらの世界では『神隠しに遭った』と言うそうじゃ」

「神隠し……」

まほろは呟《つぶや》いた。

子どもや若い娘がある日ふいに行方不明になって、数日してからひょっこり帰ってくることを「神隠し」と呼ぶのは知っている。昔、近所の女の子が唐突に姿を消した時も、女中たちが神隠しに遭ったんだよとひそひそ噂《うわさ》していた。

「……言っておくが、人間界で『神隠し』とされるものの大半は、ただの迷子か誘拐か家出だ。口減らしで子どもを捨てたり殺したりするのを隠すために、都合よくその言葉を使うこともある」

いつの間にかすぐ傍《そば》で控えていた狭霧が、仏頂面で注釈を入れる。刺々《とげとげ》しいその口調に、自分が責められているような気分になり、まほろは身を縮めた。

「まあ、そうじゃのう」

ヌシさまも同意したが、眉がまた少し下がっている。その奥にある目は、まほろではなく狭霧に向けられているようだった。

「それで……えーと、なんじゃったかな?」

「あのう、こちらに迷い込んできた人は、御使いさまがまたあちらに戻してくださる、というところだったと思います」

控えめに教えると、ヌシさまが「そうじゃそうじゃ」と頷いた。

「百年前、そのようにして迷い込んできた娘がおってのう」

「百年前、ですか」

「人間界基準で、ということじゃが。あー、その時、あちらはどんな様子だったかのう、狭霧や」

「人間界の暦で一八二三年、文政《ぶんせい》六年です。前年に『コロリ』なる感染病が大流行し、その年には全国的な干ばつがあったそうで……数年後に大水害、天保《てんぽう》の大飢饉《だいききん》と災害が続き、あちらではバタバタと人間が死んでいた頃ですね」

狭霧は淀《よど》みなくすらすらと答えたが、そこには同情も憐憫《れんびん》もない。突き放すように冷めた眼差《まなざ》しが、彼の人間に対する無関心さを示しているようだった。

「ああ、そうじゃったのう。あちらの様子を見にいった神使が、酷《ひど》い有様《ありさま》だと嘆いておった。今の人間界はどうじゃろう、まほろ」

「あの、三月前に大きな地揺れがありました」

「おお、そうか。移り変わり、止まらずに進んでいくのが人間界の定めとはいえ、大きな変化は時に大きな犠牲も伴う。あれも大変じゃろうて」

「あれ」って？

まほろは目を瞬《またた》いたが、ヌシさまは少し黙ってから、また首を傾げた。

「……それで、なんじゃったかな？」

「百年前、娘が迷い込んできた、というところからです」

今度は狭霧にゴホンという咳払《せきばら》いとともに指摘されて、ヌシさまは頷いた。

「そうじゃそうじゃ。その娘、名を神野木十和《とわ》というたが、百年前にこちらへ迷い込んできてのう。十七歳で、今のまほろのように痩せ細った娘じゃった。しかし物怖《ものお》じせずはきはきとよう喋《しゃべ》る性格であったものだから、神使らとも馴染《なじ》んで、可愛《かわい》がられておった」

「俺は関わっていませんよ」

狭霧が口を挟んだが、聞こえなかったのか、聞こえないふりをしたのか、ヌシさまはそちらを見もせずに続けた。

「その時、儂は腰痛に悩まされておってな」

「腰痛ですか」

神さまなのに？

「齢《とし》じゃからのう。腰が痛いと、身動きもままならん。うんうん唸《うな》って苦しんでいたら、十和が手持ちの膏薬《こうやく》をくれたのじゃ。なんでも、医者である父親が作ったものだそうで、それを患者のところに持っていく途中こちらに迷い込んできたらしい。その膏薬はよう効いてのう、嬉《うれ》しくなった儂は、十和にその礼として『白霊石のかけら』を貸してやることにした」

やっと話が本題に入って、まほろは姿勢を正した。

「白霊石とは、この世界で結界の役目を果たす、大事な霊石じゃ。この結界が壊れると、二つの世界の均衡が一気に崩れ、災厄が起きる。飢饉《ききん》や地揺れなどとは比べものにならないくらいの、大きな災厄じゃ。下手をすれば、双方の世界ともに滅んでしまいかねん」

凄《すさ》まじい規模の話に、背筋が寒くなった。それだけ、白霊石というのは重要な意味を持つものなのだろう。

「白霊石の本体は山くらいの大きさがあるが、十和に渡したのは、指先に乗るくらいの小さなかけらじゃ。しかし大事な霊石であるから、持ち主には恩恵が与えられる。それの守り手を務める間は金に困らないという――まあ、いわば特典のようなものじゃな」

「特典……」

「小さな壺《つぼ》にのう、金の粒がいくらか入っておるんじゃ。その粒は使ってもまた補充される。もちろん制限はあって、湯水のように湧いて出るわけではないぞ」

ここで「壺」が出てきた。では主人が決して渡さないと踏ん張っていたのは、それのことだったのか。

仕事をしている様子もないのに贅沢《ぜいたく》な暮らしをしていたのがその壺のおかげだとしたら、何がなんでも手放さないという態度だったのも頷ける。

「十和の父親は大変なお人好《ひとよ》しで、困窮している患者からは決して金を受け取らんかったそうでな。母はなく、父と娘は貧しい生活を続けながら、病人を助けるために奔走しておったらしい。前年に感染病が流行《はや》っていたのもあり、相当な苦労があったことは想像に難くない。特に十和は栄養不足な上に、父の手伝いと家の切り盛りで疲弊しきっていて、近いうちに倒れるであろうことは目に見えておった」

崇高な信念は行き過ぎると毒になりかねん、とヌシさまは小さく首を振った。

「かといって、今さら病で苦しむ人々を見捨てることも難しかろう。だからせめて暮らしに困らんように、と考えたんじゃ。直接金をやることはできんのでのう」

つまり特典である壺を渡すために、「白霊石の守り手」のお役目を十和に授けた、ということらしい。

「そしてその壺は、こちらの世界と紐《ひも》づいておる。金の粒が使われればそれと判《わか》るので、白霊石の守り手の生存と所在位置の確認ができる。なんらかの理由で守り手が不在となったり、所有を放棄したりすれば、石は壺とともに神霊界に戻ってくる仕組みじゃ。白霊石のかけらはたとえ紛失してもすぐに守り手のもとへ返るし、壺を紛失してもかけらを所持しておれば同じく守り手のもとへと返る」

では、その二つは必ず同じところに揃《そろ》っていなければならないのだ——本来なら。

「神野木十和の血を引く者に限り白霊石のかけらの譲渡を認め、その血が絶えれば守り手の役目も終わりとする。それらの取り決めをした後、貸与期間を百年と定めた」

「ひゃくねん」

「百年なんぞ瞬《まばた》きするほどの間じゃろと思ったが、後で狭霧に叱られてしもうた」

「当然です」

狭霧は憮然《ぶぜん》とした。

「その期間が満了したので、返してもらうため狭霧を使いに出したんじゃが」

貸し与えた十和の子孫で、現在の神野木家当主である人物は「そんなものは知らん」と断言した、というわけだ。

「壺は確かにあの屋敷《やしき》にある。だが、白霊石のかけらの気配はなかった。守り手の役目を放棄しているも同然なのに、神野木家当主は現在に至るまで恩恵を受け続けている。こんなことはあり得ない。一体どうなっている」

目を怒らせて狭霧が吐き捨てるように言った。ヌシさまも「ふうむ」と困惑したように髭《ひげ》を手で撫《な》でている。

「何かが複雑に絡み合っているようじゃ。白霊石のかけらを見つけるためには、それを一つずつ、解きほぐしていかねばならん。契約期間を超えて白霊石が人間界にあると、あちら、も機嫌を悪くする。平衡を保っている双方の世界に、影響が出かねないからのぅ」

まほろはおそるおそる「あのぅ……」と口を開いた。

「お伺いしてもよろしいでしょうか」

「なんじゃな？」

「その『白霊石のかけら』が見つからなかった場合、どのようなお咎《とが》めがあるのですか」

その言葉に、狭霧がふんと鼻を鳴らした。

「見つからなかった場合、などというものはない。なんとしてもかけらは見つけねばならんのだ。しかしそれが神野木家当主による返却、という形でなければ、それに対する罰はある」

「ば、罰ですか」

「当たり前だろう。神との盟約は絶対だ。もし破られるようなことがあれば、待っているのは身の破滅と心得ろ。それくらい、約束というのは重いものなんだ」

その言葉に、まほろは震え上がった。

ヌシさまが小さな息を吐く。

「まあ、狭霧の言うことは正しい。儂《わし》もこんなことになるとは思っておらなんだでのぅ。神霊界のものを人に貸し与えた以上、それは必ず人の手によって返されねばならん」

「人の……」

「この場合、神野木家当主が捜し出すのが筋であるわけじゃが」

あの主人がそんなことをするとは到底思えない。激怒して、絶対に御免だと拒否する姿が簡単に想像できた。

しかしその結果としてあるのが、「身の破滅」である。主人がいなくなれば、夫人と未那もこれまでどおりの生活を続けていくことはできまい。身の回りの世話さえ自分でしたことのない彼女たちが神野木家という大樹を失えば、路頭に迷うのは明らかだ。

このまま、誰も何もしなければ。

まほろの頭に、これまでの十数年で幾度も繰り返し口にした言葉が浮かんだ。

──わたしは旦那さまがたから受けた大恩に感謝し、いつか必ずお返しすると誓います。

いつかって？

恩を返すのなら、今をおいて他にないではないか。

「ヌシさま、御使いさま」

まほろは両手を揃え、床につくくらい頭を低く下げた。

「……どうか白霊石のかけらを捜すお役目を、わたしにさせてください。神野木家当主の代わりに必ずかけらを見つけ出し、ヌシさまに返却いたします」

きっと、この時のために自分は今まで生かされてきたのだろう、と思った。

＊＊＊

「……あのような子どもに任せて、本当に大丈夫なのですか」

狭霧はむっつりとした表情で言った。

御座にいるヌシさまは、長い髭をそよがせてわずかに首を傾《かし》げている。

「本人のたっての希望じゃからのう。いずれにせよ、白霊石のかけらは見つけねばならんし、神野木家の者から返されねばならん。当主はどうやら動くつもりはないようだし、壺を返すのも断ってきたのじゃろう？」

「しかし、あの娘は……」

「当主が『自分の代わり』としてこちらへ寄越し、まほろもそれを認めて、自ら『当主の代わりに』と申し出たのじゃ。権限を委任された者として、まほろがかけらを見つけ出し返却をすれば、契約は完了したものと見做《みな》される」

不服そうに口を引き結んだ狭霧には構わずに、ヌシさまは控えているカヤへ向かって問いかけた。

「今、まほろはどうしておるのかな？」

「食事をさせておりますよ」

その返答に、狭霧も不審げにそちらを向く。

「食事？　着替えではなく？」

御前から退出した後、まほろが「着物を返さないと」と気にしていたので、狭霧が彼女らのもとへ連れていってやったのだ。しかしどうやら、その目的は未《いま》だ果たされていないらしい。

「最初に着ていたものは、もう捨てちまったからねえ」

「勝手に捨てたのか」

多少の非難を載せて言うと、カヤは頭を持ち上げて口からちろりと長い舌を伸ばした。

「ふん、あんなぼろきれみたいな着物。ずいぶんとくたびれていた上に、袖も裾も短くて、ちっともあの子に合っていなかったじゃないか。人間界は今、真冬なんだろう？　毛皮もない人間の身体《からだ》じゃあ、あの恰好《かっこう》だと寒くて仕方ないだろうよ」

毛皮がなくて寒さに弱いのはカヤも同じだ。冷たい風に吹かれるなんて考えるだけでもイヤだというように、ぶるっと長い胴体を震わせた。

「おまけにひどく痩せ細っていてね。肉が薄くて、肋骨《ろっこつ》が透けて見えるほどだった。普段、ろくに食べさせてもらえていないんだろう。今日も朝からなんにも食べていないと言っていたから、ヌシさまとの話を終えたらお腹《なか》いっぱいにさせてやろうと、手ぐすね引いて待ち構えていたのさ」

いずなが毛に覆われた耳をぴくぴく動かしながら、憤然として続けた。春日の姿がないのは、別室であれも食えこれも食えとまほろに飯を差し出しているからなのだろう。

そういえば神野木十和の時も、そうやって他の神使らがせっせと食べさせていたのだったか。狭霧は今まで神霊界に来た人間とはできるだけ距離を取ってきたから、十和のこともほとんど知らないのだが。

「まほろはこれまで、誰からも顧みられることなく育ってきたんじゃないかい。だから、自分の感情をきちんと認識する余裕さえなかったんだ。神野木家でどんな扱いをされていたのか、あの身体を見ればすぐに判ったね」

湯殿でまほろの着物を剝いだ時に見たものを思い出したのか、細い目をますます吊《つ》り上げる。

「まったく人間なんて、ろくでもない」

狭霧は忌々しげに言い捨ててから、ヌシさまを向いた。

「迷い込んできた娘が気に入ったからと白霊石のかけらを渡したのが、そもそもの間違いだったのです。たとえ十和という人間の性質がよかったとしても、十年後、二十年後はどう変わっているか判らない。ましてや、その子孫が善良さを引き継ぐとは限らない。実際、今の神野木家の者たちはどいつもこいつもクズばかりだ」

ぶつくさと苦言を呈する狭霧に、ヌシさまは「ふうむ」と小さく唸った。もっともだと納得したのではなく、狭霧に対して呆《あき》れているようだった。

「おまえの石頭は、そろそろどうにかならんかねえ」

ヌシさまのその言葉に、狭霧は心外そうな顔をした。

「ですが、現に――」

「詳しい事情がまだ判らぬうちから『ろくでもない』と決めつけるものではない、と言うておる。そもそも狭霧は、そのように言えるほど人間界のことを知らんと思うがのう。前に行ったのは、えー、人間界基準で三百年以上前じゃったかな」

「今日、行ったばかりではないですか」

「神野木家の中しか見ていないのじゃろう。それは人間界のうちの、ほんの一部でしかあるまいよ。おまえがしているのは、米一粒だけを見て、広大な田すべてが駄目だと言いきるのと同じではないかな？」

のんびりと言い返されて、狭霧は無言になった。

琥珀《こはく》色の瞳は、本物の石のように硬質な光をたたえている。それを見て、ヌシさまは小さなため息をついた。

「よし、それでは狭霧、もう一度人間界に行きなさい。まほろとともに、白霊石のかけらを見つけるのじゃ」

「は!?」

唐突な命令に、狭霧がぎょっとしたように目を見開く。

「どうして俺が」

「まほろ一人では、かけらを捜し出すのは困難じゃろうて。あの子は無垢《むく》で、物事をまっすぐに捉えられる目があるが、いかんせん足りないものが多すぎる。その上、見えない鎖で心を雁字搦《がんじがら》めにされておるようだしのう」

その評価を聞いて、今頃春日にあれこれ食べさせられて目を白黒させているであろう娘の姿を思い浮かべた。

強者に従うことしかできない、非力で弱い子ども。それが現在の狭霧が抱く、まほろに対する印象のすべてだ。

「それに、神霊界に来た人間は人間界に戻ると、魂に刻まれた盟約以外、こちらでの記憶がおぼろげになってしまうでの。つまり十和にとっては『白霊石のかけらの守り手を百年務めること』、まほろにとっては『白霊石のかけらを捜し出して返却すること』じゃが。その命題の他は、ぼんやりとしたものしか残っておらんじゃろう。それでは事を成し遂げるのが難しすぎると思わんか？　こちらの者があちらに干渉するのはよいことではないが、この場合はやむを得ない。よって狭霧、まほろと一緒に人間界に赴いて、かけら捜しを手伝いなさい」

「いえ、ですからどうして俺がその役目を……探索事なら、翼がある速多《はやた》のような神使のほうがずっと適任かと」

「ヌシさまのご命令だぞ、狭霧。口答えするな」

黒い翼をバサッと動かして、部屋の隅で控えていた速多がぴしりと叱りつける。ぐっと詰まって、狭霧は下を向き、大きな息を吐き出した。

ヌシさまは「狭霧よ」と静かに名を呼んだ。

「人の信仰心が薄れつつある現在、神霊界の礎も昔のように強固ではない。これ以上二つの世界に混乱をもたらさないためにも、迅速に事態の収拾をつけねばならぬ。よいかな？」

「はい、もちろん……」

「それに」

と、ヌシさまは少し楽しげに笑った。

「これはおまえにとって、よい機会だと思うがの。その目で人の世を見て廻《まわ》ることは、神使の務めとも切り離せぬ。まほろとともに、あちらの世界でいろいろなことを学んでおいで」

「は……」

不承不承ではあるが、狭霧は「かしこまりました」と返事をして、頭を下げた。

第二章　むすんでひらいて心が動く

気がつくと、まほろは神野木家《かんのぎ》の井戸の近くで立ち尽くしていた。

「あれ……」

小さく呟《つぶや》いて、あたりを見回す。どうしてこんなところにいるんだっけ？　とぼんやりした頭で考えた。

空は茜色《あかねいろ》に染まり、燃えるような夕日が殺風景な裏庭を赤く色づかせていた。薄紫の雲が細く広がり、その隙間から金色の輝きが漏れ出ている。ああ早く食事の支度をしなければ、と思ったのは長年の習性からくる条件反射のようなものだ。

咄嗟《とっさ》に足を踏み出しかけ、いつもと違う感触を覚えて下に目を向けると、ずいぶん上等な草履が視界に入った。

「……？」

首を捻《ひね》る。

改めて自分を見下ろすと、まほろは美しい振袖を身につけていた。

濃淡のある淡黄色の地に、裾模様でまんじゅう菊と椿《つばき》の柄がちりばめられている。厳しい寒さの中でも凛《りん》として咲き誇る椿の花は忍耐と生命力の象徴で、邪気を祓《はら》う力もあるんだよ——と教えてくれた誰かの言葉が頭に浮かんだ。

誰か……誰だっけ？

頭の中に霧がかかったようで、ちっとも働かない。今まで自分はどこで何をしていたのだったか。とても大事なこと、決して忘れてはいけないことがあるはずなのに、捕まえようと手を伸ばすとするっと逃げてしまう。

いつもひもじい思いをしてばかりだった自分が、どうして今はこんなにもお腹がいっぱいなんだろう？

「おや、どちらのお嬢さん……あれ、あんた、ボロじゃないか！」

逃げ回る記憶を必死に摑《つか》み取ろうと井戸の傍らで眉を寄せていたまほろを見つけて、裏口から出てきた女中が仰天して大声を上げた。

「帰ってきたのかい!?　三日も姿を消したままだったから、あたしたちみんな、あんたはもうこの世にはいないもんだとばっかり思っていたよ！」

その声を聞きつけたのか、他の女中たちもわらわらと建物から出てきて、まほろはあっという間に彼女らに取り囲まれた。

「あの得体の知れない男に連れ去られてから、どこでどう過ごしていたのさ」

「で、あれは結局誰だったんだい？」

「まあ驚いたね、ご覧よこの着物！　絹じゃないか。しかもこんな上物、滅多にお目にかかれない」

「なんにしろ、助かったよ。ボロがいないと、汚れ仕事がこっちにすべて廻ってくるからね。奥さまとお嬢さまの癇癪《かんしゃく》だって、あたしらがとばっちりを喰《く》っちまう」

それぞれが矢継ぎ早に問いかけて、まほろの着物をしげしげ眺めたり、これでまた自分たちの「下」ができたと安心したりしている。まほろが口を開く間もなかった。

「ボロが戻ってきただと⁉」

ドカドカと荒い足音がして、主人が姿を見せた。その後ろには夫人と未那《みな》もいる。未那はまほろの恰好を見て大きく目を見開き、眉を吊り上げた。

主人はいきなりまほろの胸ぐらを摑むと、ぐいっと引き寄せた。

「壺《つぼ》の代わりに、きさまをくれてやるという話じゃなかったのか。なぜ帰ってきた？　まさか逃げ出してきたんじゃないだろうな！　おいボロ、あの男は何を言っていたんだ。あいつが言っていた『石』とは、もしかして高価なものなのか⁉　それなら、絶対に渡せんと言っておかんと！」

乱暴に揺さぶられてぐらぐらと頭が上下し、その振動でだんだん思い出してきた。

そう、自分は突然屋敷《やしき》に押しかけてきた男の人に荷物のように担ぎ上げられて、井戸の中に……あの人、なんという名だったか。

「ちょっとボロ！　この振袖はどうしたのよ！」

モヤモヤしたものがもう少しで形になる、というところで、きんきんした声に遮られた。主人との間に割り入った末那が、怖い顔でまほろに詰め寄ってくる。

「なによこれ……こんな着物、私だって持ってないわ。ボロのくせに……おまえなんて真っ黒に汚れた雑巾みたいな姿で、惨めったらしく床に這《は》いつくばっていればいいのよ！」

「あ……」

着物を剝がそうと、末那の手が伸びてくる。まほろは無意識にさっと身をかわした。

……これはだめだ、と頭の奥で叫ぶ声がする。

いつも主人一家の言うことには絶対服従で、逆らったことなど一度もない「ボロ」が抗《あらが》う動きをしたことにその場にいた全員が驚いたし、まほろ自身もびっくりした。

あまりに予想外だったのか、末那が口をあんぐりさせる。

そしてすぐに、激高した。

「この――」

屈辱で顔を真っ赤にして、恐ろしげな形相で拳を振り上げる。これまで避けたら大変なことになる、というのは経験上よく判《わか》ったので、まほろは大人しく殴打を受けるべくぐっと奥歯を嚙《か》みしめた。

大丈夫、大丈夫、顔が腫れるくらいなんでもない。着物を破られたりするよりは、自分の身が傷つくほうが何倍もマシだ。

だって、これは大事な——

シャランと頭の簪《かんざし》が音を立てた、その時だ。

「きゃあ！」

白く大きなものがすぐ目の前を横切って、未那が悲鳴を上げた。ドンと勢いよく突き飛ばされ、後ろに倒れ込んで尻餅をつく。

何が起きたのか判らず目を丸くしていた周りの人々は、そこにいるものを改めて認識して、一様にぎょっとした。

「えっ……犬？」

グルルと鋭い牙を剝《む》き出して唸《うな》り声を立てているのは、白い毛並みの大型獣だった。

地面を踏みしめる四本の脚は逞《たくま》しく、ずっしりとした重量がありそうだ。後ろ脚だけで立てば、その背丈はまほろを超えるだろう。すらりと均整のとれた体軀《たいく》は、力強さと柔軟さの両方を兼ね備えていた。

「犬——いや、これ」

「も、もしかして、狼《おおかみ》じゃ……？」

「馬鹿言うな！　この日本にもう狼などおらん！」

狼狽《ろうばい》しながら後ずさる女中らを、主人が怒鳴りつけた。しかし彼もまた、その威勢のいい言葉とは逆に、じりじりと遠ざかろうとしている。それくらい、その獣には圧倒的な迫力があった。

しかしまほろは不思議と、まったく恐怖心が湧かなかった。

そこにいる犬――いや狼は、凶暴さや恐ろしさとはまったく異なるものを身にまとっているように思えたからだ。

細長い鼻面はすっと前方に伸び、大きな耳はふさふさした毛に覆われてぴんと立っている。銀色に近い体毛は残照を浴びて神々しいほどに眩《まばゆ》く輝き、堂々とした姿には威厳すら感じられた。

こんなにも美しい獣を、まほろは今まで見たことがない。

こちらに向けられた瞳は、すべてを見通すかのように澄んだ琥珀色をしている。

それを見て、一気に頭の中の霧が晴れた。

「――御使いさま、ですか？」

まほろの問いに、白狼《はくろう》はその琥珀色の目を見開いた。

「おまえ、俺が判るのか」

牙の生えた口から発される声は、人間の姿をしていた時ほど明瞭ではない。しかし狼がはっきりと「人の言葉」を喋《しゃべ》ったことに、まほろ以外の人々は一斉に驚愕《きょうがく》の叫び声を上げた。

女中たちが我先にと逃げ出し、逆に主人夫妻はその場で固まってしまう。未那は立ち上がることができないのか、へたり込んだまま這うようにして後ろへと下がった。

それを一瞥《いちべつ》して、狼はふんと鼻息を吐いた。人間の狭霧《さぎり》であったら、さぞ冷めた表情をしていただろう。

「御使いさまは、動物の姿にもなれるのですね。狼……で、よろしいのでしょうか」

「俺を犬ごときと一緒にしたら許さんぞ。動物になれるのではなく、こちらが俺のもともとの姿だ」

「ああ……なるほど」

まほろは両手を軽く合わせた。

狭霧が食堂に入ってくる直前、白い獣が庭を走っていくのを見かけたが、あれは本来の姿をした彼だったのだ。野良犬が入り込んだのかと思った、というのは黙っておこう。

「おまえは驚かないんだな」

「いえ、驚いておりますけども」

だが、なにしろまほろは一度「ここではない別の世界」へと行った身だ。今さら他の人たちのように叫んだり逃げたりする気にはなれなかった。

「それで御使いさま、なぜまたこちらに？　あっ、お借りした着物の返却を求めにいらしたのですか。でしたら少しお待ちを」

「しつこいやつだな。その衣装は貸すのではなく与えると言われなかったか？　第一、おまえが着ていたものはもう捨てられてしまったんだろう」

「こんな立派なもの、頂くわけにはまいりません。では、どのようなご用件でしょう。ヌシさまのお話で、わたしが聞き漏らしたことがありましたか」

「いや、そうではなく……それよりもおまえ、あちらでのことを覚えているのか」

「はい。最初はなんだかボンヤリしてちっとも思い出せませんでしたけども、御使いさまの目を見たら、いっぺんに記憶が戻ってきました」

「あちらでのこと、すべて？」

「はい」

「おまえの面倒を見た神使の名を言えるか？」

「カヤさま、いずなさま、春日《かすが》さまですよね？」

まほろが三人分の名をためらいなく口にすると、狼の姿をした狭霧は首を傾《かし》げた。

「変だな……人間界に戻ると、神霊界《しんれいかい》のことはほとんど覚えていないはずなんだが」

「そうなのですか？」

「その人間にとっての『大事なこと』以外は」

そう言ってから、狭霧は気を取り直したように「まあいいか」と頷《うなず》いた。

「それならそれで話が早い。まほろ、自分に課されたものもちゃんと覚えているな？」

「はい。白霊石《はくれいせき》のかけらを捜し出し、ヌシさまにお返しすることです」

「俺はその手伝いを命じられた。おまえ一人では頼りないし、ずっと見つけられなくても困るからな。ということで、これから早速かけらを捜しにいく。俺の背に乗れ」

早口で説明すると、狭霧が前脚と後ろ脚を踏ん張った。全身にぐっと力を込める。

すると、その身体《からだ》がみるみる大きくなった。

「わあ」

まほろは口を丸く開けた。大きくなった狼は、今までの二倍……いや、三倍はあるだろうか。四つ脚のままで、その尖《とが》った鼻先がまほろの目の高さとちょうど同じくらいの位置にある。

もはや大型獣とも呼べないほど巨大になった狭霧に、主人一家は揃《そろ》って「ぎゃっ」と悲鳴を上げた。

「あの、でも、その前に旦……当主から話を聞いたほうが……」

まず主人に事の成り行きを話してから、心当たりがありそうな場所を一つ一つ捜してみようという心積もりだったまほろがそう言うと、狭霧はふんと鼻息を吐いた。

「さっきの様子を見るに、そいつらが聞く耳を持っているとは思えない。それに、どうせ大した情報も望めないだろう。無駄なことに時間を費やすよりも、さっさと行動に移したほうが効率的だ。早く乗れ」

グルルと叱られて、確かに……と思ったまほろは、主人一家に事情を説明するのを諦めた。狭霧は「かけらの気配」というものを感じ取ることができるようだし、あるかどうか判らない主人の心当たりより、彼を頼ったほうが早く見つけられそうだ。

「では、失礼します」

一言断って、身を伏せた狭霧の背中によじ登る。動物の背に乗るということ自体がはじめてなので、非常に苦労した。振袖姿のため、座るというより狭霧の首にしがみついてうつ伏せのような体勢になったが、他にどうしようもない。

毛皮に顔を寄せると、直垂《ひたたれ》から漂っていたのと同じ匂いがした。

「重くありませんか？」

「本当に乗ったのか？　軽すぎて判らん。しっかり摑まれよ」

「はい」

白い毛皮は思ったほど硬くはなく、むしろ柔らかかった。身体が大きくなった分、体毛も長くなったのか、首に廻《まわ》したまほろの手がすっぽりと埋もれてしまうくらいフカフカしている。

「行くぞ」

その言葉とともに、ふわりと前脚が浮いた。後ろ脚で地面を勢いよく蹴りつけ、一気にぐんっと上昇する。

跳躍ではなく、飛翔《ひしょう》だ。狭霧はそのまま上に向かって空中を駆けのぼっていった。

まほろは目を白黒させた。

「お、御使いさまは、空も飛べるのですか」

「文句あるか」

「すごいですね！」

純粋な感嘆を込めてそう言うと、狭霧は大きな口をぐいっと引き結んでから、嫌そうに鼻の頭に皺《しわ》を寄せた。

「……これだから、人間は」

低い声でぼそりと呟《つぶや》かれた言葉は、落ちないように全神経を集中させていたまほろの耳には入らなかった。

下に目を向けると、主人一家が口を開けて空飛ぶ狼を見上げている。主人は憎々しげな顔で、夫人は甲高い声で、未那は怒りに拳を震わせて、同じ言葉を叫んだ。

「ボロっ！」

狭霧がそちらをじろりと睨《にら》みつける。

「こいつは『まほろ』だ。二度とその名で呼んだら承知せんぞ！」

その一喝とともに、ドカンと大きな音を立てて稲光が一閃《いっせん》し、主人たちのすぐ近くの地面に焼け焦げができた。

慌てふためいて逃げ惑う三人の悲鳴が、どんどん遠ざかる。

——大声で叱ることを「雷を落とす」と言うが、狭霧の場合、それは比喩ではないらしい。


耳元で、びょおっと風が鳴っている。

下にいる時も寒かったが、空の上は身を切るほど空気が冷たかった。陽射《ひざし》がなくなった今はなおさらだ。狭霧の身体は温かいが、そこに触れない部分——つまり頭とか肩とか背中とかは、寒風に晒《さら》されてすっかり氷漬けのようになってしまっていた。

「こ、これから、ど、どちらに行くのでしょう」

問いかけるまほろの声は、歯の根も合わないほど震えている。それに対する狭霧の答えは簡潔だった。

「百年前、十和《とわ》という娘が住んでいた場所だ」

神霊界に迷い込んだ神野木十和が、ヌシさまから白霊石のかけらを預かり、また人間界へと戻されたところ。言ってみれば、最初の「ふりだし地点」だ。

「ヌシさまが、複雑に絡み合ったものを一つずつ解きほぐさないと、とおっしゃっていたからな。はじめから順に、白霊石の行方を追っていく。一見遠回りのようだが、たぶんこのやり方がいちばん確実だ」

「す、住んでいた場所が、判るのですか？」

「当時、十和を人間界まで送り返した神使に話を聞いたら、『小さな神社の鳥居の前に置いてきた』と言っていた。その近くに家があると話していたそうだから、捜せばすぐに判るだろう」

「は、はあ……」

まほろは返事をしたものの、内心で首を傾げた。

どうもヌシさまをはじめとして、神霊界の人々は、人間界における「時間の経過」をよく判っていないのではないかという気がした。神社はそうそう潰れたりしないとしても、百年前に住んでいた人物の家がそんなに簡単に見つかるとは思えないのだが。

それを口にするべきかどうか迷っている間にも、狭霧はぐんぐん空を駆けていく。飛行速度は、先刻よりもさらに上がっているようだった。

「急げば暗くなる前に着く。こんな役目は早く終わらせて、さっさと神霊界に戻りたいからな」

狭霧はあまり人間界にはいたくないらしい。

しかし、もともとかけら捜しは、まほろがやらねばならないことだ。それなのに、あまりにも自分が頼りないからと、ヌシさまが狭霧を遣わしてくれた。まったく面倒なと彼が考えていたとしても、文句を言える立場ではない。

だから、寒さで痺《しび》れてきた手がそろそろ限界を迎えつつあるということを、まほろは彼に言いだせずにいた。

「……ところで」

寒さどころか、強く吹いてくる向かい風もまったく意に介していない狭霧が、地上にいる時と変わらない調子で話しだす。人間の時ほど聞き取りやすくはないので、まほろは懸命に首にしがみつきながら耳を澄ました。

「おまえ、どうしてあの家にいるんだ？」

「ど……どうしてと言いますと」

「あんな二つ名で呼ばれ、尊厳を踏みにじられて、なおもあの場所にあり続ける理由がさっぱり判らん。おまえには矜持《きょうじ》というものがないのか。虐げられている身で、神野木家の血筋でもないおまえが、かけらの返却を申し出たのはなぜだ？」

「えっ」

まほろは目を丸くした。

「あ、あの……わたしが神野木家の末娘ではないこと、ご存じで」

「あんな浅はかな嘘《うそ》を、俺が一瞬でもまともに受け入れると思うのか」

呆《あき》れ果てたように返されて、まほろはしょぼんと肩を落とした。

「騙《だま》して申し訳ありません……」

「騙されてない。そこで謝られたら、本当に俺が間抜けみたいだからやめろ。だが、どうしてあの場で否定しなかった？　おまえはあの男に忠誠を誓った家臣というわけではなく、ただの雇われ人なんだろう。あんな連中の言いなりになる必要がどこにある？」

嘘をつかれたことを怒っているのではなく、本気で理解できないという口ぶりだ。彼の言う「家臣」と「雇われ人」にどのような差異があるのか、まほろには判《わか》らないのだが、雇われ人が主人の命令を聞くことのどこがおかしいのかも、よく判らなかった。

「でも、わたしはあの家でお世話になっていますから」

「世話になっているとは？」

「食事をいただいて、着るものと寝るところを与えられて……」

「それは労働の対価だろう。おまえの行動はそれを逸脱している、と言ってるんだ」

狭霧に鋭く指摘されて、まほろは口を噤《つぐ》んだ。

返事ができなかったのは、正論をぶつけられたからではなく、狭霧の言葉が今一つ判らなかったからである。これまで教育を受けてこなかったまほろには、難解な単語がすぐに呑《の》み込めるほどの土台ができていない。

ロウドウのタイカ……イッダツ……？

「よく、わ、判りませんけども」

寒さでだんだん舌が廻らなくなってきた。頭が働かないのは、難しいことを言われているという理由の他に、意識が少し朦朧としてきたせいもあるかもしれない。

なんとか首にしがみついていた指は、もう完全にかちんと固まって、自分の意志では動かせなくなっている。

あ、もうダメかも——と思ったが、どんなにつらくても黙って我慢するしかない環境で育ってきたまほろには、「自分の苦境を誰かに訴える」という習慣がまるで備わっていない。この時も、口から出たのは助けを求める言葉ではなく、狭霧の質問に対する答えのほうだった。

「だ、旦那さまがたには、ご恩がありますから」

「恩？」

「そ、そ、そうです。受けたご恩を返すために、わ、わたしは生きているのです」

「おまえな……」

狭霧は苦々しい声で何かを言ったようだが、残念ながらまほろには聞き取れなかった。

一瞬、ふうっと目の前が暗くなったからだ。

同時に力の抜けた手が狼《おおかみ》の首から離れ、ぐらりと身体が傾《かし》ぐ。

それをもとの状態に立て直す体力も気力も、残っていなかった。

……落ちる。

急いで目的地に向かうことに気を取られているためか、または、まほろの体重があまりに軽かったためか、自分の背中に乗っていたものが滑り落ちていくことに、狭霧は気づいていなかった。乗り手不在のまま、どんどん先へと進んでいってしまう。

まほろは声も出せず、まっさかさまに落下した。びゅうびゅうと風の音が激しい唸《うな》りを上げている。眼下には、一面に広がる森があった。

この高さから落ちたら、無事に済むとは思えない。

どうしよう、早くかけらを見つけてヌシさまに返さなければいけないのに。それがまほろの「恩返し」なのに。

もしかしたら、死ぬのかも。

その思考が掠《かす》めたのを最後に、意識が途絶えた。

『——あなたは生きて』

真っ暗な闇の中で聞こえた女性の声は、果たして幻聴なのか夢なのか。

「う……ん」

呻《うめ》き声を発して、まほろはのっそりと身を起こした。

ぼうっとした顔つきで、周囲を見回し、自分を見下ろす。神霊界から人間界に戻った時と同じ動作をそっくりそのまま繰り返して、あれ？　と首を傾げた。

「わたし……空から落ちたよね？」

しかも非常に高い位置から、まっすぐ落ちた。いくら木の枝が衝撃を和らげたとしても、地面が枯れ葉で覆い尽くされていても、運がよくて大怪我《けが》、でなければ死んでいたはずだ。なのに。

「腕……足……どこも折れてない……」

顔に触れたら指に血がついたから、まったく無傷というわけではない。背中がじんじんするのはたぶん打ち身だろう。切り傷や痣《あざ》はいくつもできているようだが、折れたり潰れたりという大きな損傷は見当たらなかった。

「あんなところから落ちたのに……？」

どう考えてもこんな軽傷で済むわけがないのだが、一応痛みは覚えるので、死んで幽霊になったということでもないようだ。

まほろは首を傾げてから、はっとして立ち上がった。

「あ……よかった、どこも破れてない」

着物は多少乱れているだけで、破れても裂けてもいなかった。頭に手をやり、花飾りの簪《かんざし》もちゃんとついているのを確認して、息を吐く。

「だったら、いいか」

深く安堵《あんど》したまほろは、いろいろな疑問について追究する気をなくした。この二つが無事なら、他のことは大した問題ではないように思えたのだ。

「ええと、それで、ここはどこなのかな」

そう思って再度周囲に目をやったが、そこにあるのは葉を落とした木々ばかり、ということ以外はさっぱり判らなかった。

金色に輝いていた夕日はすっかり沈んで、枝越しに見える空は黒く染まっている。幸いなことに雲のない月夜であったため、白い光がぼんやりと景色を浮かび上がらせる程度には明るい。

だが、しんとした静寂と暗闇は圧迫感を伴ってじわじわと胸を締めつけてくるようだし、このままじっとしていたら凍死しかねないという不安もある。

とにかくこの森から出なくては、と少しずつ歩きだしたのだが、どこかで小さな音がするたび、ビクッと飛び上がった。そもそもここが東京なのかそうでないかも、まほろは知らないのである。さすがに、冬眠し損ねた熊とばったり遭遇するほどの山奥ではないと思うが。

「御使いさま、わたしが落ちたことに気づいたかな」

あんなに急いでいたから、きっと余計な手間を増やしたと怒っているだろう。それとも、まほろのことは放って目的地に到着しただろうか。そこで白霊石のかけらを見つけたら、用無しになったまほろをこのまま捨てて神霊界に帰ってしまうのだろうか。

……結局、自分はどこでも役立たずなのだ。

どんよりと気持ちが沈みかけたところで、ふいに視界が開けた。

「あっ、外！」

砂利道に出ると、向かいには稲を刈り取った後の冬田が延々と続いている。

一気に見通しがよくなって、喜びよりも唖然《あぜん》とした。たまたま進んだ方向が正しかったというより、大きめの雑木林くらいの規模だったのかもしれない。

「出られてよかった……」

胸を撫《な》で下ろしたが、前途多難であるのは何も変わっていない。ここがどこかも判らないのは同じだし、狭霧が今どこにいるかも判らないのだ。せめて向かう場所がどのあたりなのか、もっと聞いておけばよかった。

息をついて、闇の中、今度は砂利道に沿って進みはじめる。足はもう棒のようになってしまったが、毎日すり切れるまで働くのが当たり前だったまほろには、「休む」という発想がない。

せめて寒さがしのげるような場所を見つけて夜を明かそうと考えたが、このあたりはひたすら田んぼが続くばかりで、行けども行けども人家すらなかった。

歩き続けてへとへとになり、息が上がってしまう。足元がふらついて、まっすぐ進むのも覚束《おぼつか》なくなりつつあった。

朝を待つまでもなく、行き倒れてしまいそう……

そう思った時、背後から声をかけられた。

「あんた、そんなところで何してんだい」

びっくりして後ろを振り返ると、ぽうっとした明かりに照らされて、女性が立っていた。手に持ったカンテラを上のほうに掲げ、こちらに向けている。彼女の表情には、はっきりとした疑念と警戒があった。

「あの、道に迷ってしまって」

「道に迷う……？　こんな時間にかい。妖怪の類じゃないだろうね」

「に、人間です」

女性が怪しむのは当然だと思えたので、まほろはその場で直立不動になって答えた。

「ふん……」

眉をひそめて、女性がゆっくりとこちらに寄ってくる。じろじろと上から下までを眺め廻《まわ》し、カンテラを顔に近づけた。

それでまほろも相手がよく見えた。年の頃は神野木夫人と同じくらいで、痩せた身体《からだ》つきも似ているが、この女性の着物はかなり質素なもののようだった。

「怪我をしてるね」

頬の傷のことだろう。どの程度の怪我なのかまほろには判らないのだが、そんなに出血もひどくなかったし、そのうち治るだろうと放置していた。

「あ、大したことは」

「来な」

女性はぶっきらぼうに言うと、早足でまほろを追い抜いていった。当惑しているうちに、すたすたと先へ進んでいく。

後ろから足音がしないことに気づいてまた振り返り、「一緒に来な、って言ってるんだよ。聞こえないのかい」と怒られた。

まほろが慌ててついていくと、女性はそのまま砂利道を歩いてから、田んぼの間を通る畦道《あぜみち》に入っていった。

するとその先に、小屋のような家が見えてきた。建物を隠すように木が立っているので、まほろ一人ではきっと見つけられなかっただろう。

入りな、と言われたので上がらせてもらったが、がらんとして質素な家だった。竈《かまど》のある土間と、板間が一つ。置いてあるものはごくわずかで、家具もあまりない。

「狭くて汚いが、我慢おし」

梁《はり》から吊《つ》るされたランプに火を点《とも》しながら女性が言ったが、神野木家でまほろが寝場所にしていた納屋より広いし、きちんと掃除もされている。

女性はまほろに座るよう促すと、黙々と傷の手当てをはじめた。血と汗と土で汚れた顔を丁寧に濡《ぬ》れ布巾で拭い、薬を塗る。他にも手の擦り傷や痣や打ち身を一つ一つ確認して、洗い流したり布を巻いたりしてくれた。

見ず知らずの、それもこんなに怪しげな人間をなぜ助けてくれるのか、まほろは理由が判らず困惑した。だが女性はずっと不機嫌そうな顔をしていて、必要最小限にしか喋《しゃべ》らない。

「水しかないが、飲むかね」

「は、はい、いただきます」

まほろが思わず前のめりになって頷《うなず》くと、女性は顔をしかめた。

さらに怒らせてしまったかと不安になったが、差し出された湯呑《ゆの》みを素直に受け取って、ごくごく飲んだ。もう一杯お代わりをくれたので、ありがたく飲み干す。

女性がその様子を見て、息をつきながら首を振った。

「……そんなに喉が渇いてたんだね。だったらまず先に水を飲ませるべきだった。どうもあたしのやることは、いつも間が抜けている」

自分に呆《あき》れるような言い方だ。

怒っているわけではないらしいことが判って、まほろはホッとした。

「どうして、こんなに親切にしてくださるのですか」

自分で言うのもなんだが、今のまほろは不審者以外の何者でもない。こんな夜更けに一人でふらふらと歩いていた娘を拾ったところで、彼女にはなんの利もないだろうに。

女性はその問いに、少し意外そうな顔をした。

「親切……あたしのしていることは、親切になっているかい？」

逆に問い返されて、まほろは首を傾《かし》げた。

「これを『親切』と呼ぶのでなければ、他になんと言っていいのか判らないのですけども」

それとも世間では考え方が違うのだろうか。少なくとも神野木家では、まほろが怪我をしても病気になっても、そのまま放っておかれるのが常だった。

「とにかくわたしは、とても助かりました」

その言葉に、女性が一瞬目を見開く。

何かまた変なことを言ってしまったかとまほろがヒヤヒヤしていると、彼女は俯《うつむ》きがちになり、静かに長く息を吐き出した。

「……そうか、そんならよかった」

同時に、ふっと憑《つ》きものが落ちたような、虚脱した表情になった。

「なにしろ、こういうのはやり慣れていないんでね」

長いこと一人だったからねえ、と呟《つぶや》き、顔を上げてまほろを見た。その瞳と口調からは、先程までの硬さが抜けている。

「あんた、名はなんというんだい」

「あ、まほろです」

「まほろ、いい名だね。あたしは喜恵《きえ》というんだ。『喜び』と『恵み』だよ」

説明してから、皮肉げに唇の端を上げた。

「あたしは自分のこの名前が昔から大嫌いでね。なにしろ子どもの頃から、その二つにはとんと縁がなかったからさ」

そうして喜恵は訥々《とつとつ》と、それまでの彼女の人生を語りはじめた。

もしかしたら、ずっと胸の中に凝り固まっていたものを誰かに吐き出してしまいたかったのかもしれない。背負い続けていた重い荷物を下ろす時のような、少しせいせいした顔つきだった。

「うちは『貧乏人の子だくさん』を地でいくような家でねえ。その中であたしは五人目の子どもだったんだけど」

食べるものもなく、両親はいつも何かに怒っていて、兄姉とは喧嘩《けんか》ばかりしていた。毎日お腹《なか》を空かせているのに、いくら働いても暮らしは楽にならない。明治《めいじ》という新時代の中で、自分の周りだけ文明開化の波から置いていかれているようだったと、喜恵は乾いた声で言った。

「それで十三の齢《とし》に家を出て、女髪結い師のところに飛び込んで教えを乞うたんだ。手に職をつければ、まず食いっぱぐれはしないだろうと思ってね。修業はそりゃ大変だったけど、数年もしたら少しずつ仕事が入りはじめるようになったよ」

おもに芸者相手に髪を結い、代金をもらう、というやり方だったそうだ。客が来るのではなく、自分が道具を手にあちこち駆けずり回って依頼を請け負い、一件ずつこなしていくのである。目が廻るくらいに忙しかったが、その分だけ稼ぎが増えるのは嬉《うれ》しかったらしい。

「このままいけば、いずれは自分の店が持てる……そう思ってわくわくしていたさ。でもそんな時に出会った男が、ろくでもないやつで」

その男は甘い言葉と口当たりのいい虚言で喜恵を丸め込み、それまで必死に貯《た》めていたお金をありったけ持ち逃げしてしまったのだという。

「おまけに、腹にはそいつの子がいてね。まったく我ながら、頭が悪い」

喜恵はそう言って、苦く笑った。

「だけど、生まれた子は可愛《かわい》かったんだ。女の子だったよ。そうだね、生きていたら、あんたくらいの齢だったかね」

生きていたら、という言葉にまほろは眉を曇らせる。喜恵がこちらに向ける眼差《まなざ》しには、ぽっかりとした虚無があった。

「泣き叫ぶ赤ん坊を背負いながら櫛《くし》を操る髪結いに、仕事を頼みたいと思うかい？　お得意さんをたくさん失って、子どもの頃あんなに嫌だった貧乏暮らしに逆戻りさ。だけどあたしは頑張って娘を育てたよ。それこそ、死に物ぐるいでね。……だけどその子は、六つになった途端、呆気《あっけ》なく病で死んじまった」

ようやく自力でいろいろなことができるようになってきた頃だった。お喋りをして、笑って、よく食べて、拙いながらも母親の手伝いをするようになっていた。これから二人で力を合わせて生きていこうと前向きに考えはじめた喜恵を嘲笑《あざわら》うように、運命はまたも彼女を絶望のどん底へと突き落とした。

手の中に入れたと思うと、すぐに失われる。

「——あたしはね、もう、世の中の何もかもが、憎くてたまらなかった」

そう言う喜恵の声は、ぞっとするほどに暗かった。

「どうしてあたしばかりが不幸を背負わなきゃならないんだと、何もかもが腹立たしかった。あたしより悪いやつは世の中にごまんといる。あたしより金を持って、子どももたくさんいて、食い物に困らない連中も腐るほどいる。どうせ取り上げるなら、そっちから奪えばいいじゃないか。たくさんあるんだから、少しくらいの金や一人くらい子どもがいなくなったって、きっとなんとも思いやしない」

人と神と世の中を恨み、呪い、喜恵は自分の殻に閉じこもった。髪結いの仕事をやめ、他人と関わるのもやめ、町から離れた場所で一人暮らしをした。糊口《ここう》をしのぐため最低限の労働はしたが、いつも無口で不愛想でつっけんどんな対応しかしない彼女を、周囲は遠巻きにしたという。

そんな生活を、十年近く続けて。

「三月前、あの大地震があったんだ」

その日、喜恵は町にいた。いつものようにムッとした顔でろくに挨拶もしない彼女に、話しかける人は誰もいない。さっさと用事を済ませて帰ろうと思った瞬間、ドン！　と大きな音がして地面が跳ね上がった。

何が起こったか判《わか》らないうちに、激しい揺れが立て続けに襲いかかった。とてもではないが立っていられない。あっと思う間もなく、喜恵は崩れてくる建物の下敷きになった。

「ちょうど倒れた柱と柱の隙間に入り込んで、身体は潰されずに済んだがね。周りは悲鳴と怒号で阿鼻叫喚《あびきょうかん》の有様《ありさま》だったよ」

だが喜恵は叫びもしなかったし、助けを求める声も上げなかった。むしろ、とことんついてまわる自分の不運に、笑いだしてしまったくらいだった。

「それにさあ、あたしは嬉しかったんだよ」

「嬉しい……とは」

これで亡くなった娘のところに行ける、と思ったのだろうか。まほろはおずおずと問いかけたが、喜恵の答えはこちらの予想とはかけ離れていた。

「ああ、これでみんなが平等に不幸になった、と思ってね。今度苦しい思いをするのは、あたし一人だけじゃない。これまではあたしばかりが嘆いてきたけれど、今はみーんなが泣いて怒って怯《おび》えている。金があろうが、子がたくさんいようが、全員がまんべんなく奪われ、取り上げられる。あたしはその時、心の底から思ったよ」

——ざまあみろ、と。

唇を歪《ゆが》めてそう言う喜恵に、まほろは背中が寒くなった。

「あとは大人しく死を待つだけだと、じっとしていたんだ。だけど、しばらくしたら、暗かった視界に光が射《さ》し込んできて」

そちらに目を向けたら、中年の男性が懸命に柱を持ち上げようとしているのが見えた。

「お節介なやつがいるもんだと腹が立ってさ。あたしのことは放っておいていいから逃げな、と言ったんだ。そうしたら、その男が」

バカ言うな、なんとしても助けてやる、と怒鳴り返してきたのだという。

「で、結局、あたしはその男に建物の下から引きずり出された。奇跡的に、大して怪我《けが》もしていなかったよ。男はそんなあたしを見て、『運がよかったな』と言った」

不運と不幸に見舞われ続けて、もういつ死んでもいいと思っていた喜恵に、その人は、生きていてよかったと何度も繰り返したらしい。

喜恵はそれに対して、なにが「生きていてよかった」だと心の中で文句を言い立てた。今の自分はものすごくいい気分だったし、これでやっと死ねると思っていたのに邪魔しやがって。やっぱりあたしは運が悪い――

でも、その言葉を外に出すことはできなかった。なぜなら、喜恵よりも相手のほうがずっと酷《ひど》い状態であることは一目瞭然だったからだ。

頭から血を流し、あちこちに傷を負い、汗びっしょりの顔を真っ黒にして、ふらついて。それでも彼は、喜恵の無事と幸運を心から喜び、笑いかけてくれた。

そしてまた他の誰かを助けるために、どこかへ走って行ってしまったのだそうだ。

「――気がついたら、あたしは泣いていた」

娘を亡くした時とうに枯れ果てたと思っていた涙が、いきなり洪水のように溢《あふ》れ出てきた。自分でも理由は判らない。ただもう、何かが止めどなく噴き上がってきて、身も世もないほど大泣きしてしまった。

大声を出して泣きじゃくる喜恵の手を誰かが引き、誰かが背中をさすってくれた。誰かが大丈夫だよと声をかけ、避難所となった公園まで連れていった。

「あたしを助けてくれた人たちが、その後どうなったのかは判らない。生きていてほしいと願っているけれど、きっともう、会うこともないだろうね。恨みと憎しみで真っ黒に染まった心を抱えて冥土に行くはずだったあたしは、多くの人によって救われた。だけどそれを本人たちに返すことは、もうできない」

喜恵の膝の上にあった手が握られる。

「……だから、あたしも誰かを助けることで、あの時にもらったものを返すことができたらいいなと思ったんだよ。でも、長いこと人と関わってこなかったから、やり方がよく判らなくてね」

強張《こわば》った顔、一言だけの短い言葉は、そんな彼女の戸惑いを表していたのだろう。

まほろは迷った。こんな時どうしたらいいのか、正解が判らない。まほろもまた、喜恵と同じく、人から親切を受けることに慣れていなかった。

だから考えるのはやめて、胸の奥から突き上げる衝動に任せることにした。

「わたしを助けてくれて、ありがとうございます」

そう言って、膝の上に置かれた喜恵の手に、そっと自分の手を重ねる。

喜恵は驚いたように顔を上げ、くしゃりと表情を崩した。

「……別に、善行を施してるつもりじゃないんだ。人に優しくすることもできないし、怒りも恨みも消えてはいない。せっかく繋《つな》いでもらった命だけど、あたしは相変わらずそれを持て余している」

「でも、わたしも、喜恵さんに救われました」

「そうかい……だったら、よかった」

呟くように言って目元を拭ってから、喜恵は改めてまほろを見た。

「よく判らないけど、あんたにも何か事情がありそうだね。そんな上等な着物を着ているのに、手はあかぎればかりだ」

「はい。あの、でも……」

「ああ、いいよいいよ、何も言わなくて。これはあたしが勝手にしていることだからね。どれ、勝手ついでに、あんたの髪も直してあげよう。ボサボサだよ」

自分の頭に手をやったら、せっかく結ってもらった髪が解《ほど》けかけていた。落ちた時、木の枝に引っかけたのだろう。

喜恵は部屋の隅に置いてある長持ちから、古ぼけた箱を大事そうに取り出した。蓋を開けると、髪結いのための道具がずらりと揃《そろ》っている。

様々な形の櫛や刷毛《はけ》が整然と並び、鋏《はさみ》と手鏡は曇りもせず綺麗《きれい》なままだ。仕事を辞めた後も、定期的に手入れされていたのではないか、とまほろは思った。

「今どき、玉結びとは珍しい」

そう言いながら、喜恵はするすると器用に手直ししてくれた。さすがに本職だっただけあって、手際がいい。櫛を動かしながら流行《はや》りの髪型についてあれこれ話す時の声はなんだか楽しげで、彼女がまだ髪結いの仕事への情熱を完全には失っていないことを示しているようだった。

仕上げに簪《かんざし》を挿したところで、「おや」と喜恵が窓のほうに目を向ける。

「遠吠《とおぼ》えが聞こえるね。野犬だろうか。このあたりではあまり見かけないんだが」

「遠吠え……」

まほろは耳をそばだてた。

長く尾を引くような朗々とした遠吠えが、空気を震わせるように響いている。

一拍置いて、それとは別の鳴き声がそこかしこから聞こえた。今度は、怯えるような、恐れるような、動転しきった犬たちの声だった。

「喜恵さん、わたし、もう行かないと」

急に立ち上がってそんなことを言いだしたまほろに、喜恵は目を剝《む》いた。「外は真っ暗だよ」「野犬が徘徊《はいかい》しているかもしれない」と反対したが、まほろが謝りつつも翻心しないのを見て、諦めたように息をついた。

「……いきなり現れたと思ったらすぐに消えるなんて、本当に不思議な子だねえ。しかし、物《もの》の怪《け》ではなさそうだ。きっと明日の朝起きたら、すべてが夢だったのかと考えるに違いないよ」

お腹は空いていないか、寒くはないかと訊《たず》ねてから、喜恵はまほろに提灯《ちょうちん》を渡してくれた。

「じゃあね、気をつけてお行き」

「はい。ありがとうございました」

もう一度、深く頭を下げる。

少しためらってから「あの」と喜恵と顔を合わせた。

「わたし、いつも、人に対して『すみません』ばかり言っていたんです。でも、喜恵さんには自然と『ありがとう』という言葉が出ました。きっとこれが、感謝をする、ということなんですね。わたし人に優しくされたことがあんまりなくて、よく判らないんですけども、でも、すごく心の中がぽかぽかするような、なんだかふわふわするような、そんな気持ちになりました。ごめんなさい、上手《うま》く言えないんですけども。ただその、喜恵さんに、これからもっといいことがあるといいなと、そう思って」

できる限り心の中にあるものを伝えようと、汗をかきつつしどろもどろに紡いだ言葉は、半端なところで途切れた。

腕を伸ばしてきた喜恵が、まほろをぎゅっと抱きしめたからだ。

喜恵は痩せていた。そして狭霧のようないい匂いではなくて、汗と埃《ほこり》の混じったような匂いがした。

それでも彼女の胸は温かかったし、心地よかった。

「──あの子が育っていたら、こんな風に抱いてやれたかね。まるで神さまが、ほんの少しだけ、あの世から娘を寄越してくれたみたいだ。そんなわけないんだけどね、判っちゃいるけど」

涙で滲《にじ》んだ声が、徐々に小さくなる。

喜恵はまほろを離すと、目を細め、はじめてちゃんとした笑みを浮かべた。

「元気でね。また、いつでもおいで。あんたが髪をボサボサにしてきた時のために、腕を磨いておくとするからさ」

髪結いの仕事を再開する、ということだ。まほろは大きく頷《うなず》いた。

提灯をぶら下げて歩きながら後ろを振り返ると、喜恵が戸口の前に立って、いつまでもまほろを見送ってくれていた。


御使いさま、どちらですかあ、と声を出しながら歩いていたら、ゴオッと風が巻き起こって、目の前に巨大な狼《おおかみ》が姿を現した。

「この大馬鹿者が！」

激しい怒号に、まほろはぎゅうっと身を縮めた。

「なぜ何も言わなかった!? 手が疲れたとか、どこかが痛いとか、身体《からだ》が安定しないとか、一言くらい言えばよかっただろう！ 叫び声一つ上げなかったから、落ちた場所を特定するまでに時間がかかったんだぞ！ 気がついたら背中に乗っていたはずのおまえが消えていて、俺がどれほど肝を冷やしたか判るか!?」

神野木夫人のように甲高くはなく、むしろ野太いくらいだったが、耳が痺《しび》れるほどの大音声で叱られた。ビリビリと空気が振動し、立っている地面まで揺れているような錯覚に襲われる。

しかし言われているのはもっともな内容なので、まほろは肩をすぼめて、ひたすらぺこぺこと謝った。

「申し訳ございません。あの、もうちょっと我慢できるかと思ったのですけども」

「だから、なぜ我慢なんて──」

さらに怒鳴りつけようとしたのか大きな口がぐわっと開いたが、その先の言葉は出てこなかった。

ん？　とまほろが顔を上げたら、狼は妙に人間くさく見える渋い表情を浮かべ、動きを止めている。

しばらく後で、叱言《こごと》の代わりに出てきたのは、はあー、という深いため息だった。

「いや、ここは怒るところではなかった」

どこかバツの悪そうな声でそう言って、ぺたんと耳を垂らす。

「……すまなかった。今回のことは、人間というのは信じられないくらい弱くて脆《もろ》いものだ、ということを失念していた俺に非がある。俺にとってはなんでもなくとも、人の身には大変なことが多々あるのだったな。人間と行動をともにする以上、そのことをまず確認せねばならなかったのに、俺はそれを怠った」

素直に謝罪されて、まほろは慌ててしまった。

「い、いいえ、そんなことはないです。そんな、御使いさまに非などありません。わたしが役立たずで、気を廻《まわ》すこともできないのろまなのが、悪いのです」

狭霧は何かを言いかけたが、思い直したように口を噤《つぐ》んだ。

琥珀《こはく》色の瞳をまっすぐ向けて「まほろ」と真面目な声を出す。

「俺は人のことをよく知らん」

「は、はい」

「だからこれからは、きちんと言葉にしてくれ。正直に言うが、俺は他人を慮《おもんぱか》ったりするのが苦手だ。神霊界ではそういうのが必要なかったからな。ついでに言うと、人の子が弱いということも、すぐ忘れそうになる。だから困った時にはまず、助けを求めろ。つらい時や苦しい時、いやそれだけでなく、思ったことはなんでもはっきりと口にしてほしい。そうしたら、それに合わせて止まったり、じゃあどうすればいいかと考えることはできるから」

まほろはぽかんとした。

自分の足らなさを責められるのではなく、それに合わせる、考える、と言われたのははじめてで、すぐには理解が追いつかない。

けれど考えてみたら狭霧は、まほろが裸足《はだし》であることを申告すれば抱き上げたり、慣れない振袖でもたついていたら歩く速度を落としたりと、気づいたその時その時できちんと対応してくれていた。まほろを路傍の石のごとく扱っていたわけではなく、単に人間に対する理解度が低いというだけだったのだ。

「はい、そうします。……すみませんでした」

「いや、謝れと言っているわけでは――ああもう、こういうのは性に合わん」

人間の姿だったらがしがしと髪の毛を掻《か》き回しそうな感じでそう言って、狭霧は一歩踏み出し、鼻面をまほろの顔に寄せてふんふん匂いを嗅いだ。

「怪我《けが》をしているな。どこだ？」

「あ、ええと、背中を打ったのと、あちこちに擦り傷があるくらいです」

「そうか、その程度で済んだのなら幸いだ。おまえは小さいし細いから、てっきりあちこちが折れたり曲がったりしているかと思ったが、意外と頑丈なんだな」

自分で認めるだけあって、狭霧は人間の身体のことをよく判《わか》っていないらしかった。普通あの高さから落ちたら回復不能の怪我をするか死ぬと思うのだが、「意外と頑丈」の一言ですんなり納得している。

しかしまほろ自身もどうしてこんな軽傷なのかさっぱり判らないので、それについては黙っていた。

……運がよかった、と考えるしかないのだろうか。

少々釈然としない気分で首を捻《ひね》ったまほろの頬を、いきなり狭霧がぺろっと舐《な》めた。

「ひあ」

ざらりとした舌の湿った感触に、思わず奇声を上げる。狭霧は舌の先を出しながら、

「変な味がする……薬か？」と鼻の頭に皺《しわ》を寄せた。

「な、なんですか？」

「もう痛くないだろう」

「は？　あれ……そういえば」

喜恵に薬を塗ってもらった後もしつこく続いていた痛みが、すっと引いている。指でなぞっても何も感じず、さらりとした手触りだけがあった。

「もしかして御使いさまは、傷も治せるのですか？」

「自分よりも格下の相手に限るがな。ヌシさまは神霊界の最も上におられるから、あの方に不調があっても、俺たちにはどうしようもない。治癒しようとすると、こちらの力がすべて呑《の》まれてしまう。そのヌシさまの腰痛を治したのが、俺たちより弱い人間の作った薬というのが、なんとも皮肉な話だ」

「はあ……」

人間よりもずっと強くて、治癒能力を持っている神使たちが住む神霊界には、そもそも薬など必要ないのだろう。その頂点に君臨しているヌシさまは、彼らよりも力があるゆえに、病になっても傷を負っても誰にも癒《いや》せないと――なるほど。

百年前、腰痛を治してくれた礼にと、神野木十和に「白霊石のかけら」を貸した時のヌシさまの気持ちが、少しだけ理解できた気がした。

「他も治すから出せ。手の甲にも大きな傷があるようだが」

「あ、いえ」

狭霧の言葉に、まほろは首を横に振った。

その手には、木綿の白い布が巻かれてある。喜恵が苦労しながら何度も巻き直してくれたものだ。

「これは、このままで」

そっと反対側の手で布を押さえたまほろに、狭霧は怪訝《けげん》な顔をした。

その日は結局、野宿をすることになった。

狭霧がまほろを捜している途中で見つけたという岩穴の中に、一人と一頭で潜り込む。さほど深さはないが、かろうじて狭霧の巨体が入れる程度の大きさはあった。

「穴の中は外よりも暖かいですね」

なにげなくまほろが言ったら、狭霧がはっとしたように振り返った。

「もしかしておまえ、寒いのか？」

「あ……はい、そうですね、今は冬なので……」

「そういえば、カヤもそんなことを言っていたな！　そうか、人の子はこれくらいで寒いと感じるのか！」

本気で驚いている。神使だからなのか狼だからなのか、寒暖の感じ方にそれほど差があるのかとまほろも驚いた。これでは確かに、言われなければ判らないだろう。

「すると必要なのは……火か。あのへんから木を引っこ抜いて燃やせば……」

「枝を何本かで十分です！」

木を一本まるまる火だるまにしようとする狭霧を全力で止めて、小さめの火を焚《た》くことにした。枝を組んだり、火種を作ったりするまほろを、狭霧が物珍しげに眺めている。

赤々とした炎が上がるのを確認してから、岩穴の中で寝る準備をする。まだ寒いのではないかと気にする狭霧に強引に引き寄せられて、まほろは丸まった狼のお腹《なか》部分にすっぽりと収まった。

白い毛皮の中に埋もれ、上には大きな尻尾がふわりと掛けられて、非常に暖かい。いつも寝ている納屋の中と比べると、極楽のようだった。

疲労と安心でウトウトしつつ、まほろは自分を助けてくれた喜恵という女性のことを、狭霧にぽつぽつと話して聞かせた。

「そうか……で、おまえはどう思ったんだ？」

「どう、と言われても……ただ、『持っていたものを失う』というのは、とても悲しいことなのだろうな、と思いました」

「推測なのか。それはわりと普通のことだと思うんだが」

「わたしはもともと何も持っておりませんので、失うということがよく判らないのです」

「おまえの本当の親はどうした？」

「わたしは捨て子だったそうで、親の顔を知りません。いえ、もしかしたら、知っていたかもしれないのですが……」

小声になって聞こえにくかったのか、狭霧が顔を寄せてきた。人間の姿だと落ち着かないが、狼だとまったく平気なのが不思議だ。

「わたしは五歳までの記憶がないのです。気がついたら神野木家で働いていて、旦那さまに『捨てられていたのを拾ってやった』と言われて育ちました。親がどんな人だったのかも、どんな事情でわたしを捨てたのかも、まったく判りません」

「記憶がない……何も覚えていないのか？」

「はい、なんにも。でも、それでよかったと思っていたのです。覚えていたら、わたしは捨てられたことを恨んだかもしれないし、親のことを思い出して悲しくなったかもしれませんので」

何も持たない——持っていたかもしれない五年が完全に消失しているから、それについてなんとも思わずにいられたのだ。もしも幸福な記憶があったりしたら、まほろは神野木家での生活を十年以上も過ごしてこられなかっただろう。

「でも、喜恵さんに会って、ちょっとだけ想像してしまいました」

「想像？」

「もしもわたしに親がいたら、いえ、せめて記憶だけでもあれば、わたしには別の人生があったかもしれないなあ、と。……何も覚えていないのは、少なくとも、『運がいい』ということではないのですね」

持っていたものを失うのと、失うものがないというのは違う。まほろは今まで、そんな簡単なことも判っていなかった。

娘を失った喜恵は確かに不幸なのだろう。でも彼女には、娘と過ごした六年分の思い出がある。その時に抱いた愛情の尊さと、幸福の重みを知っている。

まほろには何もなく、何も知らない。

「……今回、おまえはその喜恵という人間に助けられたんだよな？」

「はい」

「俺は、他の神使に助けられたらありがたく思うし、礼も言う。まほろもそれと同じではないのか。助けてもらってありがたいと思ったから、礼を言わずにいられなかった。不器用でもその気遣いが嬉《うれ》しいと感じたから、喜恵の身に名前どおりの喜びと恵みが訪れるといいと願った。そうじゃないか？」

「――はい」

「そういうのこそ、『恩を感じる』ということだと、俺は思うんだがな。まほろは今までに、神野木家の誰かに対してそんな風に思ったことがあるか？　おまえが落ちる前、俺が言いたかったのはそういうことだ」

「………………」

狭霧の言葉に、まほろは何も返せない。ずっと刷り込まれ続けた「恩を返せ」という命令と、喜恵に抱かれた時の温《ぬく》もりを同時に思い出し、頭は混乱するばかりだった。

「御使いさま」

「なんだ」

「もう、眠ってもいいですか」

「……うん、そうしろ。明日もまた動くからな、しっかり寝ておけ」

とろとろとした眠気に誘われるまま、まほろは目を閉じた。身体《からだ》を覆う柔らかい毛が気持ちいい。

ホッとする匂い――ああ、これは陽だまりの匂いだと、今になって気がついた。
自分の腹に小さな身体を預けて、すうすうと寝息をこぼすまほろの顔を、狭霧はまじまじと眺めた。

＊＊＊

「――人間とは、もっと身勝手で好戦的で、残酷な生き物だと思っていたんだがな」

ぼそりと呟《つぶや》く。

いや、それはそれで人間の一面であるのは間違いない。でなければ、同じ種族同士でこんなに何度も戦を起こしてこなかっただろう。自分本位な理由で殺戮《さつりく》行為をし、膨大な数の死傷者を出す生き物は、狭霧の知る限り人間だけだ。

しかし、このまほろという娘には、そういうところが一切見られなかった。本来なら神野木家で酷《ひど》い扱いを受けていたまほろこそ、喜恵のように人や世の中を恨むようになるものではないかと思うのだが。

かといって、人格が高潔ですぐれた徳を持っている、というのとも違う。

謙虚というよりは卑屈で、献身的というほどの主体性はない。そしてなにより、自尊感情が著しく低い。よくこれで今まで生きてこられたなと疑問に思うくらいだ。

まほろには、不遇な環境に置かれた人間が普通抱くような「怒り」や「悲哀」が、ほとんどないような気がした。それはもしかすると、五歳までの記憶が欠落していることも関係しているのかもしれない。

そこまで考えて、狭霧は大きなため息をついた。

「人間は嫌いだが……」

まほろの場合、ちょっと目を離すとあっさり死んでしまいそうで、放っておくわけにもいかない。痩せているとか、自分たちに比べておそろしく脆弱《ぜいじゃく》だとか、そういうのとは別に、本人に生きようという強い意志が見られないのが問題だ。

狭霧は人間も人間界も嫌いだが、人間が死ぬのを見るのはもっと嫌いなのである。不本意であるとはいえ自分が個人的に関わってしまった相手なら、余計に。

「だから嫌だったんだ」

げんなりした口調でそう言って、まほろを包み込むようにして丸くなり、前脚に顎を乗せる。

明日の朝起きたら、まずはたらふく飯を食わせよう——そう決意しながら、狭霧は自分も目を閉じた。

第三章　かけらを捜してあの町この町

翌朝、まほろが目を覚ますと、大量の焼き魚が岩穴の前に積み上がっていた。

「これは……？」

「朝食だ。人間は生の魚は食わないんだろう？」

どうやらこれは、まほろのために用意されたものらしい。ここで「刺身」という存在について言及すればややこしいことになるのは必至と思われたので、黙ってありがたく頂戴することにした。

「この魚はどうなさったのですか？」

「近くの川で捕った。火は俺がおこしたぞ。昨晩、おまえがやるのを見て覚えたからな！」

どことなく自慢げに、狭霧《さぎり》が胸を反らしてふんぞり返る。なるほど、それで人間になっているのだな、とまほろは納得した。狼《おおかみ》の口や前脚では細々とした作業は難しいのだろう。

「わたしが用意しなければいけなかったのに、すみません」

「いいから食え。たんと食え」

枝に刺さった魚をほらほらと押しつけられた。礼を言って手に取り、一口食《は》む。

こんがり焼かれて焦げ目のある皮はパリッとしているが、中身はしっとりと水分があった。熱々の身をはふはふ言いながら噛《か》みしめると、ホロリとほどけて消えていく。程よく締まった川魚は、弾力はあるのにふわふわと軽くて、すごく……すごく……

「美味《おい》しいです……！」

神野木《かんのぎ》家では、そもそも温かいものを食べたことがない。与えられるのは冷えた麦飯と冷えた味噌汁《みそしる》、あとは漬物の端っこや、野菜くずくらいだった。

目を輝かせて焼き魚を頬張るまほろを見て、狭霧は気をよくしたように頷《うなず》いた。

「そうだろうそうだろう。ここにある魚、全部食え」

「全部はさすがに……御使いさまはお食べにならないのですか」

「俺たちは特に食物を必要としない」

返ってきた言葉に、本当に何もかもが自分たちとは違うのだとまほろは驚いた。食物を必要としないならお腹も空かないということなので、非常に羨ましい。

「今日こそ、目的地に着けますね」

「もうあと少しだぞ。またおまえを落としてはかなわんから、ゆっくり飛ぶ」

面目ありませんと小さくなってから、まほろは自分の向かいに腰掛ける狭霧を眺めた。

太刀を佩《は》いた直垂《ひたたれ》姿は、きらきらした朝日を浴びてたいそう凛々《りり》しい。しかし考えてみたら、これはこれで問題なのではなかろうか。

「あの、御使いさま」

「なんだ」

「神野木十和《とわ》さんが住んでいた家を見つけるためには、人に聞いたり、町の中をうろついたりしなければならないと思うのですけども」

「それがどうした？」

「その服装ですと、ちょっと騒ぎになってしまうかと……」

いや、たぶん「ちょっと」くらいでは済まないだろう。直垂はまだともかく、太刀のほうはすぐに警察を呼ばれてしまいそうだ。

狭霧は自分を見下ろし、首を捻《ひね》った。

「そうか、今の人間はこういう恰好《かっこう》をしないのか……三百年前はこれで大丈夫だったんだがな」

さりげなくとんでもないことを言ってから、人差し指を自分の額に当てた。

目を瞑《つぶ》り、ぶつぶつと何かを呟く。

すると、その姿が陽炎《かげろう》のようにゆらりと揺らめいて、身につけている着物が徐々に変化していった。色が濃くなり、柄が浮き出て、質感も異なるものになる。腰の太刀は溶けるように消えて、衣装の一部になった。

「昨日、おまえを捜している時に見かけた人間の着物を参考にしたんだが、どうだ？」

あっという間に着流し姿になった狭霧が、両腕を広げてまほろに問いかける。

どこでどんな人を見かけたのやら、色柄ともに少し派手で、遊び人風だ。しかし背の高い彼によく似合っている。白髪だけはどうしても目立つが、近寄りがたい硬質の雰囲気がずいぶんと和らいで、これなら町の中でもぎょっとした顔はされないだろう。

「完璧です、御使いさま」

「そうだろう」

まほろが褒めると、この恰好が「遊び人風」だとは思ってもいないらしい狭霧は満足げな顔をした。

「衣装も自由に変えられるのですね。そうすると狼の時は、毛皮が着物ということなのですか。それとも何も着ていないという……」

「いいから食え！」

結局その疑問は、謎のままで終わった。

宣言どおり、また狼になった狭霧は非常にゆっくりと飛行した。

速度を落としてもらえればほとんど揺れを感じないことに、まほろは気がついた。すうっと滑らかに空中を移動していくだけで、不安定になることもない。

昨日のように必死になってしがみついていなくても、内股座りで乗っても、これなら落ちる心配はなさそうだ。空気が冷たいのは同じだが、今日は穏やかな気候で風もあまりなかった。

「まほろ、あれはなんだ？」

「あれは、汽車ですね」

狭霧の質問に落ち着いて答えられるのも、下に目をやる余裕ができたからだ。

地上では、黒煙を上げた蒸気機関車が長い線路を走っていた。石炭を積んだ機関車が五両の客車を力強く引っ張っていく様はまことに壮観だ。ボーッという汽笛と、車輪が勢いよく廻《まわ》る音が、上のほうにまで聞こえてくる。

「汽車とはなんだ」

「乗り物です」

「乗り物？　馬には見えないが」

「ええと、あれは生き物ではなく……」

まほろは四苦八苦しながら、汽車という乗り物について説明した。説明といってももちろん原理など理解していないので、車輪がついていて、石炭をたくさん燃やして……という非常にふわふわした内容だ。

当たり前だが、狭霧は「まったく判《わか》らん」という顔になった。

「とにかく、これまでとはまったく違う新しい動力、ということだな。そうか……他の神使たちの話を小耳に挟んではいたが、これほど変化が激しいとは」

狭霧は感心するようにそう言って、走行する汽車にじっと見入っている。

人間に対して突き放した態度をとることが多い狭霧だが、人間のすることに完全に無関心というわけでもないらしい。そういえば、ヌシさまから百年前の人間界の様子を問われた時も、少しも迷うことなくすらすらと答えていたっけ。

「御使いさまは、こちらへはあまり来られないのですか？」

「ああ。先日神野木家を訪れたのが、およそ三百年ぶりだな。……前回人間界に来た時は大きな戦をしていて、おびただしい数の死人が出ていた」

急に声が低くなった。まほろは身体を前方に傾けて耳を寄せたが、狭霧がずっと下を向いているため、よく聞き取れない。

「神霊界《しんれいかい》は穏やかだが、変化がない。人間界はどんどん進化していくが、争いを好む。それが二つの世界の在り方だと、ヌシさまはおっしゃる。どちらがよくてどちらが悪いというわけではない、とな。しかし俺は、どうしても判らんのだ。一つしかない命を、なぜそんなにも簡単に消費してしまおうとするのか」

呟くような言い方だったが、そこに含まれているのは疑問や呆《あき》れというより、どこか苛《いら》立《だ》ちを混ぜ込んだ困惑であるように思えた。判らない、という言葉だけで切り捨ててしまえない何かがあるのだが、その「何か」の正体が本人にもよく摑《つか》めていない――そんな感じがする。

しかし狭霧はすぐに吹っ切るような短い息をつき、後ろを振り向いた。

「まほろは、汽車に乗ったことはあるのか?」

「いえ、駅まで荷物を持ってお供したことはありますが、乗ったことはありません」

「そうか……」

なんとなく残念そうだ。

「あの、御使いさま」

「判ってる。もうすぐ着くから、あれに乗るまでもないと言いたいんだろう?」

「でも、明らかに違う方向に向かっていると思うのですけども」

どう見ても、狭霧はさっきからずっと汽車の後について飛んでいる。線路が曲がるたびに、同じように曲がっているし。

「早くかけらを見つけて神霊界にお戻りになりたいのでは……?」

「判ってる!」

そんな調子でやや回り道はしたものの、それから少しして、二人は無事目的地に到着することができた。

　しかし――

「……ここ、ですか？」

「ここ、だな。たぶん」

　茫然《ぼうぜん》とするまほろの問いに答える狭霧の歯切れは悪い。下に降り立った時から彼はすでに着流しの人間姿だったが、袖手しながら渋い顔つきで立ち尽くしている。

　百年前、神霊界に迷い込んできた神野木十和を、人間界に送り返した場所。

　小さな神社の鳥居前、と狭霧は聞いたらしいが、今、二人の目の前にある鳥居は根元がぽっきり折れて、完全に倒れてしまっている。境内のほうに目をやると、お社であった建物もぺちゃんこに倒壊して、無残な姿を晒《さら》していた。

　十和が住んでいたのは、地震の被害が甚大であった下町の一画だったのである。

　聞いた話では、地震による家屋の倒壊よりも、その後で起きた火災のほうがずっと悲惨だったそうだ。ちょうど昼時で、食事の支度をしていた家が多かったこともあり、下町一帯があっという間に業火に呑《の》み込まれたという。

　この神社が焼け落ちていないのは、町から少し離れた場所にぽつんと立っていたからだろう。そして三月経《た》っても修繕されていないのは、未《いま》だこのあたりの人々に手を廻すだけの余裕がないということだ。

倒れた鳥居を避けて道を進めば、前方には人家の立ち並ぶ区画があった。数本の細い煙が立ち上っているから住人が暮らしているのは判るが、「どんな暮らし」をしているかまではここからは見えない。

「――行くぞ、まほろ」

厳しい表情になった狭霧に声をかけられて、まほろは頷いた。

「これはまた、想像以上だな……」

周囲を見渡して、狭霧は苦々しい口調でそう言った。

そこは町というよりも、「もと町であったところ」だった。家屋はあるが、それは一時しのぎとして建てられたらしいバラック小屋ばかりだ。ありあわせの木材を組み立て、その上に薄いトタン屋根を乗せている。雨露くらいは防げるだろうが、安心して住めるような場所ではない。

地面にはあちこちに真っ黒な炭が転がっていた。焼け焦げた建造物が見当たらないところからして、このあたりは一度すべてが燃え尽きて、更地になったのだろう。

まほろも神野木家で女中たちの噂《うわさ》を聞きかじり、大変そうだとは思っていた。しかし実際この目で見ると、その惨状に言葉を失ってしまう。

「神野木十和が住んでいた家を見つけ……られるのか？」

ようやく狭霧も事の難解さに気づいたようだ。

一族が代々同じ場所に住み続けること自体は珍しくない。しかし現在の神野木邸が山の手にある以上、もとの家は売ったか、または取り壊したかということだ。住人の移り変わりがあまりない土地なら手がかりを摑むのは難しくなかったかもしれないが、町としてほぼ成り立っていないこの状態では……

「とにかく、聞き込んでいくしかないな。百年前、十和の父親はこの場所で診療所を開いていたということだから、知っている者がいるかもしれん」

「はい」

まほろと狭霧は住人たちに片っ端から声をかけ、訊《たず》ねて廻ったが、その試みはまったく上手《うま》くいかなかった。

そもそも、相手の精神状態がよくない。自分の家も仕事も、場合によっては家族も失って、全員がピリピリしている。そんな時に、見知らぬ二人組が「百年前ここにあった診療所を知らないか」と聞いたところで、冷たくあしらわれるか怒鳴られるかのどちらかだ。

百年前といえば、ここはまだ江戸《えど》と呼ばれていた。ほんの三月前にあった家の場所を特定するのも一苦労なのに、そんなことを問われたら怒りだすのは当然だろう。

「まいったな。こうなったら隅から隅まで歩き回って、かけらの気配が残っていないか探るしかないか……？」

　さすがに狭霧が当惑気味に眉を寄せている。

「それで判るのですか？」

「不可能ではないが、だいぶ時間がかかる。下手をすると、一月くらいは」

「一月……」

　まほろも困ってしまった。早く神霊界に戻りたいと言っている狭霧を、そんなに長くこの地に引き留めるわけにはいかない。

「あの、わたし、もう少し聞いて――」

　そう言いかけた時、誰かの大声が耳に届いた。

「知らねえって言ってんだろ！」

「嘘《うそ》つくなこのガキ！　ずっとこのへんをウロチョロしていたじゃないか、何かを盗むつもりで物色していたんだろう!?」

「ずっとウロチョロしてるのはあんただよ！　警察でもないくせに、威張りくさりやがって！」

「ああ!?」

　言い争っているのは、三十代くらいの男と少年だった。

　男のほうはがっちりしているが、まだ十歳くらいの少年は背が低くて手足も細い。あからさまに年齢差と体格差のある二人が、険悪な雰囲気で怒鳴り合っている。

彼らの周囲には数人の大人がいたが、全員が「関わりたくない」というように目を逸《そ》らしたり、そそくさとその場を離れたりしていた。

咄嗟《とっさ》に足を踏み出しかけたまほろの肩に手を置いて、狭霧が止める。

「よせ、おまえが入っていったところで面倒なことになるだけだぞ。ああいう手合いは、相手が自分より弱いと見ると余計、嵩《かさ》にかかってくる」

「でも」

男が威圧的な態度をとっても、少年は一歩も引いていなかった。あちらの言い分にことごとく反抗し、立ち向かっている。そうされた時、次に相手がどんな行動に出るのか、まほろには予想がついた。

――判っているのに、見ているだけでいいのか？

「働きもしないでそこらをほっつき歩いて、人にインネンつけたり文句を言ったりするだけでいいんだから、楽でいいよなあ！　自分が偉くなったと思い込んで嬉《うれ》しいかよ！」

「この野郎！」

ずけずけと続けられる少年の言葉に、男は呆気《あっけ》なく堪忍袋の緒をぶちんと切った。顔を真っ赤にして鬼のような形相になり、高々と拳を振り上げる。

あの勢いで殴られたら、あんな男の子など簡単に吹っ飛ばされてしまう。

「ま、待ってください！」

気がついたら、まほろは狭霧の手を振り払い、二人の間に割って入っていた。

「なんだ、おまえは」

すんでのところで男は手を止めたが、怒りが収まったわけではないようだ。じろりとまほろを睨《にら》みつける目は、ぎらついた光を放っている。

少年はいきなり自分の前に飛び出してきた娘に、ぽかんと口を開けた。

そしてまほろも自分の行動に驚いて、すっかり取りのぼせていた。他の誰かを助けるような真似《まね》、今まで一度もしたことがない。いつだって、いちばん弱い立場であったのはまほろだったからだ。

「こ、こんな小さな子を、殴ったりしないでください。大怪我《けが》をしてしまいます」

「それがどうした？　こいつのように生意気なやつは、一度痛い目を見ないと大人しくならん」

男が当然のように言い放つ。

生意気だ、痛い目を見ないと判らないという台詞《せりふ》は、まほろ自身、神野木家で嫌というほど聞いた。

その言葉とともに実際に受けた痛みも知っている。だから今も身が竦《すく》むほど怖いし、手足の震えだって止まらない。

でも同時に、自分を助ける人がいないことに対するつらさもまた、よく知っている。だから、他の誰がこの子を見捨てても、まほろだけは知らんふりをしてはいけないと思ったのだ。

「おまえ、この町の者じゃないな？　余所者《よそもの》か？　どこから来た？　何をしに？」

男がまほろを値踏みするようにじろじろと眺め回し、詰問した。とりあえず拳を引っ込めたのは、今のまほろの身なりがきちんとしているからで、以前のような恰好《かっこう》だったらそのままこちらに向かってきていただろう。

「ある人の家を捜しにきたんです。あなたはこの町の人なのですか？」

問い返すと、男はそっくり返った。

「俺はここの自警団だ」

自警団とは、町民が自分たちの安全を守るために結成した私的な治安組織のことだ。震災の後、警察が機能しなくなったので、あちこちで自警団が立ち上がって町を警備していたと聞く。

しかし震災直後は混乱が大きく、数多《あまた》の流言も飛び交って、暴走した自警団が罪のない人々を次々に捕まえて殺傷行為に及んだ、という話もあった。

「ふん、何が自警団だ。そんなものもうとっくに解散してるのに、おまえ一人がそう名乗ってるんだろ。みんな口にしないだけで、本当は迷惑してるんだ！」

「なんだと！」

掴みかかってくる男から庇《かば》うため、まほろが少年の身体《からだ》に腕を廻《まわ》す。伸びてきた手は、こちらに届く前にピタリと動きを止め、ぐいっと後方へ引っ張られた。

「だから言っただろう」

男の首根っこを引《ひ》っ掴み、狭霧が顔をしかめていた。男は大柄だったが、狭霧はそれよりもさらに上背がある。突如自分の背後に現れ、軽々と動きを制している狭霧に、男が目を大きく瞠《みは》った。

行け、と顎で示されて、まほろは少年の手を取ると、その場から脱兎《だっと》のごとく逃げ出した。

どちらに行けばいいのかも判《わか》らないまほろを、少年が「こっちだ」と先導した。

二人で手を繋《つな》ぎながらたったか走り、着いたところは池のほとりだった。広い窪地《くぼち》に水が溜《た》まっただけ、という程度の大きさの池である。深くはなさそうだが、地震があった後だからか、すっかり濁って底が見えなかった。以前までは町の人たちが生活用水として使っていたのかもしれないが、今は洗濯も無理そうだ。

立ち並ぶバラック小屋はここからは見えない。だいぶ距離を走ったからなあ、と思いつつ、まほろはぜいぜいと乱れる呼吸をなんとか整えた。

「あんた、意外と根性あるじゃないか」

少年も肩で息をしながら、「なかなかやるな」という目でこちらを見ている。途中でへこたれるか倒れ伏すとでも思っていたらしい。

「体力はあるほうだから」

と答えてから、まほろは少年の顔を覗《のぞ》き込み、「大丈夫？」と聞いた。

「俺はこれくらい」

「そうじゃなくて、乱暴なことはされていない？」

「ああ、平気だよ。あんなやつの拳くらい、別に助けられなくても自分で避《よ》けられたんだけど。あんたお節介だな」

強がりなのか、本当にかわせる自信があったのか、そう言って少年は地面にどかっと胡坐《あぐら》をかいた。よく見ると、彼の着物はずいぶんくたびれて、汚れている。神野木家にいた時の自分とそう変わらない。

荒廃したあの場所で、大変な思いをしてきたのだろう。それでも意地を貫き通せる少年の姿は、まほろにとっては驚嘆に値するものだった。

自分も膝を折り、彼と視線の高さを合わせた。

「……どうして、あんな態度をとったの？」

「だって、言い返したら、ますます相手を怒らせるだけなのに……痛い思いはしたくないでしょう？」

「どうしてって？」

「じゃあ、黙って頭を下げて、『スミマセン』と言っていればよかったのか？　そんなこと、これっぽっちも思っていないのに？　あんた正気か？　俺は絶対にそんなことはしない。自分が悪いと思っていないことで謝るやつは、根っからの嘘つきか、ただの意気地なしかだ。俺はそのどちらにもならない」

怒りを孕《はら》んだ目を向けられ、まほろは言葉に詰まった。

少年のその主張は、何をされても何を言われても、頭を下げて謝ることしかできない自分に対する糾弾のように聞こえた。

根っからの嘘つきか、ただの意気地なしか――

「自警団なんて言ってるけど、あいつは町のみんなのために働いてるわけじゃないんだ。地震の後、誰もがびくびくと毎日を暮らす中で、警察の代わりに見回りをしたり、怪しいやつを追い出してくれる自警団は、そりゃ確かに心強かったよ。だからみんなが頼ったし、礼を言ったし、持ち上げたりもした。それであいつはすっかり天狗《てんぐ》になっちまったんだ。あれから三月も経って、もう自警団なんて必要なくなったのに、あいつ一人だけが町の人たちを見張っては、難癖つけて威張り散らしてる。今日だって、俺が歩き回っているのが目障りだってだけで、盗《ぬす》っ人《と》呼ばわりしてきた。そうしてりゃ、自分が誰かの『上』に立っているようで、気分がいいんだろ」

たとえその威光が、あの「町」の中という狭い世界でしか通用しないものだとしても。

男にとっては、それが自分の拠《よ》り所《どころ》になっていたのだろうか。

拠り所……と内心で呟《つぶや》いて、まほろは少し途方に暮れた。

自分はそんなもの、持ったことがない。

「あ、いやでも、ぶん殴られるのは俺だって好きじゃないから、その……」

憤然と男への文句をぶちまけていた少年は、まほろが無言で俯《うつむ》いていることに気づき、声の調子を落とした。

きまり悪そうな顔でごにょごにょと言い、鼻の下を指で強くこする。

「で……あんた、どこから来たんだよ？」

何かを言いかけた言葉の続きは、結局その口から出ることはなかった。まほろの素性を確認するほうに質問が切り替わる。

どこから、と問われれば、まほろは神野木邸のある場所を口にするしかない。少年はそれを聞いて、「ふん、山の手のお嬢さまか」と馬鹿にしたように鼻を鳴らした。

「そんなやつが何しにここに来た？　貧乏人が苦労してるのを見学に？　それとも笑いものにするために？」

彼の「お嬢さま」という判断は、まほろが身につけている振袖を根拠にしているのだろう。しかしこれを着ている事情を一から説明するわけにもいかないので、とりあえず「ここに来た理由」を話すことにした。

百年前、診療所のあった場所を捜しているという話に、少年は少し面食らったようだが、詮索はされなかった。金のあるやつは酔狂な、という呆《あき》れた目をしている。

いかにも気のない態度で、ぽりぽりと頭を掻《か》いた。

「百年前ねえ……」

「あの町にずっと長く住んでいる、という人はいない？　お年寄りの方なら、もしかしたら話に聞いたことくらいはあるかも」

「年寄りか」

そこで少年は、一つ目を瞬《また》いた。

何事かをちょっと考えてから、口の端を上げ、改めてまほろに向き直る。胡坐をかいた膝に手を置き、ぐっと身を乗り出した。

「七十近いばあさんが一人いる。生まれた時からずっとここに住んでるから、もしかしたら知ってるかもしれない」

「ほ、ほんと？」

まほろも前のめりになった。神野木十和がいつまでこの地にいたのかは知らないが、老女が生まれた時からここに住んでいたというなら、可能性はある。

「会わせてやってもいいぜ。その代わり……」

「その代わり？」

首を傾《かし》げたまほろに、少年が親指と人差し指で円を作る仕草をする。

きょとんとしていたら、「にぶいなあ、金だよ、金！」と怒られた。

「お金？」

「仲介してやろうってんだから、それくらい当然だろ。見てのとおり、こっちは困ってんだ。そんなくだらない探索事に費やす金と暇があるなら、少しは廻してくれよ」

言われたことは判ったが、その要求には肯《うべな》えない。了承したくとも、できないのである。

まほろは眉を下げた。

「あの……ごめんなさい、お金は持っていなくて」

その返事に、「はあ？」と少年の眉が吊《つ》り上がった。

「そんなわけないだろ、そんな綺麗《きれい》な振袖着てさあ。ああ、あんたじゃなくて、一緒にいた用心棒が持ってるってこと？」

「よ、用心棒……いえ、あの方も持っていないと」

なにしろ狭霧は神使なのだ。人の世界の貨幣など必要ないだろうし、そもそもお金を払って何かを買う、という発想があるかどうかも怪しい。

「なんだよ、そんなに金を出すのが惜しいのかよ！　自分は焼け出されることもなく、のうのうといい暮らしをしてやがるくせに！」

「ちが、あの、話を」

ぱっと立ち上がって強い調子でなじる少年に、まほろはおろおろと首を振った。どうにか誤解を解かねばと焦れば焦るほど、言葉が上手《うま》く出てこない。

拳を固く握りしめる少年の瞳は怒りに燃えていた。神野木一家から怒りをぶつけられたことは数あれど、嘲笑交じりだったそれとは違い、彼の歪《ゆが》んだ顔はどこか悲しげだった。

「お願い、話を聞いて」

まほろは懇願したが、少年は取りつく島もない。「うるさい！」と叫ぶと、膝を曲げていたまほろの頭に向けて、しゃにむに手を伸ばした。

そのまま、髪飾りを乱暴にむしり取る。

「あっ！」

まほろは悲鳴を上げた。

「だめ、返して！」

「ふん、こんな腹の足しにもならないもの――」

慌てて伸ばしたまほろの手を、髪飾りを握ったまま少年はうるさそうに払い落とした。

それでも諦めずに取り返そうとするまほろを避けて、身を捻《ひね》る。振り回された腕と、摑《つか》もうとした手が勢いよくぶつかり、その拍子に髪飾りが指から離れた。

放物線を描いて空中を飛び、ポチャンという音を立てて池に落ちる。

髪飾りはそのまま濁った水の中に沈み、見えなくなってしまった。

蒼白《そうはく》になって立ち竦むまほろを見て、少年はたじろいだように後ずさったが、すぐにぎゅっと唇を引き結んだ。

「お、俺、知らないからな！　おまえが悪いんだ！」

そう怒鳴るなり、くるりと背を向けて町のほうへと走り去る。

棒立ちになっていたまほろは、その足音が聞こえなくなってから、ようやく我に返った。

「……た、大変」

呟いて、すぐ背中に手を廻す。

凝った形に結んでもらっていた帯をしゅるっと解き、腰紐《こしひも》を外して、振袖を脱いだ。長襦袢《ながじゅばん》だけになった途端、ひゅうと吹きつける風が肌を刺したが、それも気にならない。

襦袢《じゅばん》の裾を腿《もも》までまくり上げて縛り、池の中に素足を浸す。

氷のような水は、冷たいというよりピリピリと痛かった。一歩ずつ進むたび、底に沈殿した泥が浮き上がってさらに水を澱《よど》ませる。目視が利かないので、手を入れて水中を探るしかない。

全身が震えて、かたかたと歯が鳴った。そのうち指の感覚がなくなったら、髪飾りに触れても判らなくなってしまうかもしれない。早く見つけ出さないと。

池は手前から奥に向かって深さが増しているようだった。最初は足首までだった水は、もう膝近くまで来ている。それさえ意識の外に追い出して、まほろはざぶざぶと音をさせながら歩いていった。

指はすぐに上手く動かせなくなり、足もだんだんもつれてきた。目を皿のようにして水中に向けていたが、その視界もぼんやりと霞《かす》んできたようだ。

——早く……

凍えきった頭でそう考えた瞬間、指先が何かに触れた。石ではない。先端が尖《とが》っている。

「あった！」

半分くらい泥の中に埋もれていたそれを、しっかり摑んで水中から引き上げた。連なった小さな花が、シャランと小さく音を立てる。

「よかっ……」

安堵《あんど》の息をこぼした途端、すぐ近くの泥溜まりに足を取られた。

身体がぐらりと傾き、ばしゃんと尻餅をついてしまう。腰まで濡《ぬ》れた上に、跳ねた水が顔にも上半身にもかかって、まほろは慌てた。このままだと本当に凍え死ぬか、心臓が止まりかねない。

急いで立ち上がろうとしたが、まったく足に力が入らなかった。手を動かしても、水面を叩《たた》くだけでちっとも支えになってくれない。

水で張りついた長襦袢が身体を冷やし、ますます体力を奪っていく。それほど深くはない池の中で、まほろはじたばたともがいた。

その時だ。

ごうっと強い風が吹いて、襦袢の後ろ襟を何かに引っ張られた。

それとともに身体がふわっと浮き、水の中から勢いよく引き上げられる。空中を移動したのは一瞬で、気がついたらまほろは地面の上にころんと転がされていた。

「この馬鹿者が！」

間髪をいれずに怒られて、目をしばたたく。

自分の前には、狼《おおかみ》の姿になった狭霧がいた。四つ脚で踏ん張り、大きな口をがっと開けている。

この鋭い牙でまほろを掴み上げ、池の中から引っ張り出してくれたらしい。

「空から落ちたと思ったら、今度は水の中に落ちるとは！　どこまでウッカリしてるんだ!?　こういう時は助けを求めろと言っただろうが！」

「も、申し訳あり」

急いで謝ろうとその場に膝をついてから、思い出した。

「髪飾りは……!?」

目を下にやると、自分の手はしっかりと簪《かんざし》を握りしめている。汚れてはいるが、小さな花の形も損なわれていないことを確かめて、全身から力を抜いた。

「よかった……」

細くて深い息を吐き、髪飾りを胸に抱く。唇を紫にして震えながら、よかった、よかったと何度も繰り返すまほろを見て、狭霧は啞然《あぜん》としていた。

「おい、まさかとは思うが」

おそるおそるというように、前脚を出して髪飾りを指す。

「それを拾うために、あんな無茶をしたのか？」

「申し訳ありません。わたしが粗忽《そこつ》なばかりに汚してしまい……」

「バッ……」

狭霧は大きく息を吸い、たぶん「馬鹿者」と怒鳴ろうとしたのだと思うが、その言葉は最後まで出る前に止まった。半端なところで口の動きも止めている。

代わりに、大きな息が吐き出された。

何も言わず、ふいっと身体《からだ》の向きを変えると、どこかに飛んでいってしまう。

今度こそ見放されたのかと身を縮めていたら、少しして狭霧が口に数本の枝をくわえて戻ってきた。

ガランゴロンと枝を地面に落とし、まほろを見る。

「――火を焚《た》くから、まずは暖まれ。それから何があったのかを説明しろ」


パチパチと音を立てて燃える炎に当たりながら、まほろは少年とのやり取りを話した。

人間の姿に戻った狭霧はそれを黙って聞いていたが、少年が仲介の見返りとしてお金を要求したところで、その眉間に一本皺《しわ》が刻まれた。揉《も》み合いになって髪飾りが池に落ちたところでまた一本、まほろがそれを拾うために水の中に入っていったところまで進むと、さらに二本の皺が追加された。

「あんなに小さくとも、人の子は強欲だな」

そう呟いてから、まほろをじろっと睨《にら》む。

「おまえもおまえだ、まほろ。髪飾り一つで自分の命を投げ出すような真似《まね》をするなど、言語道断。髪飾りと着物はおまえに与えたものだと何度も言ったはずだ。白霊石《はくれいせき》と違って、失《な》くしたとしても罪にはならない。俺が言うことはそんなにも信用できないか」

その声に心外そうな響きがあったので、まほろは慌てて首を横に振った。

「そういうことではないんです。ただ、これはとても特別なものですから」

「それは人間界で手に入れて、神霊界に持ち込んだものだ。人間が人間のために作ったのだから、特別というわけでは」

「そうではなく」

まほろはもう一度、今度は静かに首を振った。

「──わたしがはじめて人から優しくしてもらった時の品物ですから」

狭霧が目を瞬く。

「はじめて？」

「はい。わたしの記憶にある限りでは、という意味ですけども」

五歳までの間にそういうことがあったとしても、覚えていないものは存在しないのと同じだ。

「御使いさまは、人間界に戻ると『大事なこと』以外はほとんど覚えていない、とおっしゃいましたよね」

「おまえはすべて覚えていたがな」

「それはきっと、わたしにとって、神霊界であったことが全部『大事なこと』だったからだと思うのです。お風呂に入れてもらい、綺麗な着物を着せてもらい、美味《おい》しいお食事をたっぷりいただいて……あそこでは誰も、わたしをボロと呼ばなかったし、モタモタしていても怒らなかったし、目を見て話しかけてもくれた。そのすべてが、はじめてのことばかりでした。だからこの髪飾りと振袖は特別で、あちらでの記憶と併せて、大事な大事なものなんです」

手にした髪飾りをそっと頬に押し当てるまほろを、狭霧は何も言わず、じっと見つめている。

「……もう寒くないか」

「はい。すっかり乾きましたし、そろそろあの男の子を捜しにまいりましょうか」

改めて提案すると、狭霧は「は？」と琥珀《こはく》色の目を丸めた。

「捜してどうするんだ。やり返すのか？」

「そんなことはしません。もう一度お願いして、あの子が言っていたお年寄りの方に会わせてもらうんです」

「お願い？」

ますます理解不能という顔をして、口を開ける。

「吊るし上げて話を聞き出すことを、人間界では『お願い』と言うのか？」

そんな物騒な。

「普通に頼むという意味ですけども」

「本気か？　相手はおまえに理不尽な言いがかりをつけ、所有物を奪い取って池に落とし、謝罪もせずに逃げたやつだぞ。いくら子どもでも、あまりに悪辣すぎる。犯した罪には、相応の罰を下すべきだと思うが」

狭霧の厳しい意見に、まほろは眉尻を下げた。

「こんな大変な状況で、高価そうな振袖を着た人間が目の前にいたら、いい気持ちはしないに決まっています」

「だからといってだな」

「……正直に言いますと、わたしも未那《みな》お嬢さまを羨んだことがあります。何度もありました。ふかふかのベッドで眠るのはどんなに気持ちがいいだろう、一度でいいから今日何を着るかで悩んでみたい、いつもあんなに堂々としていられたらいいのに、と――自分にないものを妬む気持ちが罪だというなら、わたしも罰を受けねばなりません。どうかあの子を許してあげてください」

手をついて頭を下げると、狭霧が「判《わか》った判った！」と吠《ほ》えるように声を上げた。

「まるで俺が悪者のようじゃないか。当事者であるおまえが許しているものを、俺が許さんという道理はない」

「すみません」

「だから謝るな。……まあ、おまえにも、人を羨むとか妬むとか、そういうところがあると判ってかえって安心した。じゃあ、あの子どもを見つけにいくか」

その言葉に、まほろもホッとした。もしかしたら自分の卑しさを見下され、軽蔑されるかもと、ドキドキしていたのだ。

狭霧はいろいろな面が人間と異なっていて、怒ると怖く、つっけんどんなところも大いにあるけれど。

――それでも、ちゃんとこちらの話を聞いてくれるし、頭から否定するようなことはしないのだ。

きっとこれから何があっても、彼の記憶もまた、まほろの心に深く刻まれて、失われることはないだろう。

「はい。行きましょう、御使いさま」

微笑《ほほえ》んで頷《うなず》くと、狭霧が驚いたように目を見開き、

「笑った」

と小さな声で呟《つぶや》いた。


狭霧とともに、まほろは町へ戻った。

「ところで御使いさま、あの男の人は……」

「ぎゃあぎゃあうるさいから、適当に放り出しておいた」

そう言いながら、ポイッと何かを投げるような真似をする。厳《いか》つい見た目の男だったが、狭霧にかかると小虫のごとき扱いだ。この調子なら、もうあちらから突っかかってくることはないだろう。

「――すみません、男の子を捜しているのですが」

まほろは歩いていた中年女性に声をかけ、少年の住処《すみか》を訊《たず》ねた。今度は冷たくされることも怒鳴られることもなかったし、「知らない」という答えも返ってこなかった。

「ああ、良助《りょうすけ》のことかい？」

少年の外見や着物の特徴を口にしただけで、女性はすぐに思い当たったようだ。手拭いで顔をごしごしと拭きながら、ぐるりと首を廻《まわ》し、まほろたちが来たのとは反対の方向を指で示す。

「あの子なら、ここをずーっとまっすぐ歩いていったところに住んでるよ。その一軒だけ、他の小屋から離れて立ってるからね、行けば判ると思うけど」

「はい」

頷いたまほろを、女性は上から下までざっと眺めた。怪しむというより、こちらを見定めるような目をしている。

「今まであそこに誰かが訪ねてくることはなかったんだがね……ひょっとして、親戚か何かかい」

「いえ、少し用事がありまして。ありがとうございました」

礼を言ってそちらに向かおうとしたら、女性は少々バツの悪そうな顔になった。

「……あのね、余所《よそ》の人には判らないかもしれないけど、あたしたちは別に意地悪をしているわけじゃないんだよ。みんな、可哀想《かわいそう》だとは思ってるんだ。だけどこっちだって、自分たちが生き延びることで精一杯なもんだからさ」

「はい？」

いきなり言い訳のようなことをまくし立てられてまほろは驚いたが、女性は「事情を知らない人が、ここらの者を悪く言わないでほしいってことさ」とだけ言うと、そそくさと去っていってしまった。

戸惑った顔で狭霧を見ると、彼も首を傾《かし》げている。

「意地悪とか可哀想とかって、なんでしょう？」

「判らんが、少なくともこれから目にするのは楽しいものではなさそうだな」

――そして、実際。

女性に言われた場所に着いたまほろと狭霧は、その建物を見て絶句することになった。いや、それは「建物」と呼ぶのもかなりためらってしまうような外観をしていた。他のバラック小屋は粗末であってもなんとか家屋としての体裁を整えていたが、ここにあるのはそれすらなかったからだ。

傾いたトタン屋根をかろうじて木材が支えているものの、壁らしき形になっているのは三面だけで、あとの一面はぱっくりと口を開けている。その部分はどこから持ってきたのか簾《すだれ》が立てかけてあったが、これでは吹きつける風を防ぎきれないだろう。正直言って、まほろたちが昨夜寝床にした岩穴のほうがよほど暖かそうだ。

その簾が少し動いて、中から少年が出てきた。

疲労感を滲《にじ》ませて俯《うつむ》き、泣きそうな顔をしていた彼は、すぐ前に立つ人影にぎょっとして足を止めた。

そのうちの一人がまほろであることに気づき、表情を強張《こわば》らせる。一瞬のうちに自身の周りに壁を張り巡らせて、きつく眉根を寄せた。

「あの……良助くん」

まほろが名を呼ぶと、小さくて薄っぺらい肩がぴくっと上がった。

「何しに来たんだよ。俺を笑いに？　それとも仕返しに？　その用心棒にしたたか殴られりゃ、満足するのか」

「……まほろ、用心棒とはもしかして俺のことか」

狭霧は不満を露《あら》わにしたが、それに対する説明は後回しにすることにして、まほろは良助と向き合った。

「仕返しなんてしないし、笑ったりもしない。あの、わたし、まほろっていうの。話を聞いてもらえない？」

「お断りだ。俺なんかに関わっていないで、他のやつのところに行けばいい。どうして俺が誰かのためになにかをしなきゃならない？　誰も俺のためには何もしてくれないのに」

良助は頑《かたく》なにまほろを拒絶した。唇は固く引き結ばれ、こちらに向けられる目は不信感をたたえて尖《とが》っている。

それでもやっぱりその様子は、どこか悲しげに見えた。

「――良助、誰かが来ているのかい？」

その時、簾の向こうから弱々しい声が聞こえた。良助がはっとして振り返る。

「なんでもないよ、ばあちゃん」

ばあちゃん？

まほろがもの問いたげな顔をすると、良助はさらに怒ったように眉を上げた。

「もう帰れよ、今度来る時は金を持ってくるんだな」

そう言い捨てて、ぷいっと背を向けようとしたが、その肩に手を置いて狭霧が簾の内側を覗《のぞ》き込んだ。

「あっ、おい、勝手に……！」

咎《とが》める良助を無視して、そのまま小屋の中に足を踏み入れる。

「お、御使いさま……」

狭霧を止めようと慌てて彼の袖を摑《つか》んだまほろもまた、一歩進んだ拍子に中の様子が見て取れた。

板を並べて筵《むしろ》を敷いただけの、床とも言えないような場所に、老人が横になっている。

高齢の女性は顔色が悪く、頰がこけていた。横になっていても苦しげで、見るからに病を患っていると判る。狭い小屋は、彼女と良助以外の住人はいないようだった。

布団が手に入らなかったのか、老女の身体にかけられているのは数枚の着物だ。たぶん、どこかから拾ってきたものだろう。枕元には水の張った桶《おけ》や、空になった茶碗《ちゃわん》が置かれ、病身の老人を少年が懸命に労《いた》わっていたであろうことが推測できた。

「おまえの祖母か？」

狭霧の問いに、良助はしばらく黙っていたが、やがてムスッとしながら頷いた。

「一人で面倒を見ていたのか」

「他に誰がいるんだよ？　じいちゃんは五年も前に病気で死んだ。父ちゃんと母ちゃんも、地震で死んじまった」

嚙《か》みつくような言い方だが、その内容はあまりに痛ましいものだった。両親を失ってから、残った家族である祖母を、彼は今までたった一人で守ってきたのだろう。

ここにきて、さっきの中年女性の言葉が腑《ふ》に落ちた。少年と老女の境遇は可哀想だと思うし同情もするけれど、その手助けができるほどの余裕は自分たちにない、という意味だったのだ。

「良助くん」

まほろが顔を向けると、良助は意固地な表情で睨み返してきた。

「なんだよ。なんと言われようと、俺は――」

「食べ物はあるの？」

「たべ……は？」

唐突な質問に、良助がきょとんとする。

「お米とか」

「そ、そりゃ、少しはあるよ、配給があったから。あと、芋とか。でもそれが」

「お芋があるの？　じゃあそれとお米で、芋粥《いもがゆ》を作ろう。お鍋と……あと、七輪はある？」

袂《たもと》が邪魔にならないよう着物の袖を後ろで縛り、きびきびと動きだしたまほろを見て、良助は目を瞬《またた》いた。

＊＊＊

横になった老女の傍らで、良助が居心地悪そうに小さくなって座っている。

「なんか……いいのかな」

「やらせておけ。家事はまほろの得意分野のようだから」

ちらちらと外を気にしている良助に、腕を組んで座った狭霧が素っ気なく言った。

実を言えば狭霧も手伝いを申し出たのだが、「御使いさまはどうぞ中でごゆっくりなさっていてください」と言われてしまったのである。遠回しに邪魔者扱いされた気がするが、「七輪」とやらの使い方も知らない自分に、何かできるはずもなかった。

小屋の外ではまほろが米と芋で手際よく粥《かゆ》を炊き、その合間に周囲を片付けたり、病人のための水や布を用意したりしている。普段は遠慮がちで自信なげな娘だが、その働きぶりには迷いも遅滞もなかった。

「これでどうして、役立たずとか、のろまとか、自分を卑下するのかね……」

どうにも解《げ》せない。狭霧から見れば、まほろにはちゃんと廻る頭があり、てきぱきと動く手足があり、たまにこちらの度肝を抜くような行動力もある。本人はまったく自覚していないようだが。

「見えない鎖で心を雁字搦《がんじがら》めにされている……か」

ヌシさまの言っていたことが、今になって理解できた気がする。

かといって、それを指摘したところで、まほろはぽかんとするだけだろう。どのような経緯でそんなことになったかの原因究明も、今はどうでもいい。

大事なのは、この先なのだ。

——どうすればその「見えない鎖」を断ち切り、もっと笑えるようになるだろう？

「ほんと、お節介だな」

いつの間にか自分の思考に沈んでいた狭霧は、ぼそっと呟かれた良助の言葉で我に返り、憮然《ぶぜん》とした。

　まったくだ。どうして俺が、人の子のことでこんなに真剣にならなきゃならんのだ。

「別に、お節介でこんなことを考えているわけじゃない。ただ、あれは放っておくと何をするか判らないから」

「は？　なんの話だよ。俺が言ってるのは、まほろのことだけど」

　それを聞いて、思わず自分の額を手で押さえた。

「まあ、それは否定しないが……自分の事情に立ち入られるのは不満か？」

　その問いに、良助は力なく首を横に振った。今の少年には、ここに来た時こちらに向けられていた棘《とげ》はない。自分の中にあるものが倒れないよう突っ張って支えていた棒が外れて、ふらふらと揺れている感じがした。

「不満なんて……だけど、俺、あいつにひどいことをしたのに」

「そうだな。あの髪飾り、まほろが冷たい池の中に入って捜し出したんだぞ。俺が見つけた時はすっかり凍えて、真っ青になって震えていた。もう少しで死んでいたかもしれん」

　皮肉ではなく、事実として淡々と伝えると、良助の顔から血の気が引いた。まほろから髪飾りを取り上げたのは、本人としては「ちょっとした意趣返し」くらいのつもりだったのだろう。最初から池に捨ててやろうとしたわけではあるまい。

詳細は判《わか》らなくとも、自分の孫が何かをやらかしたことは察したらしく、良助の祖母が寝ながら心配そうに二人を見比べている。

「な、なんで、そこまで……だって、金持ちのお嬢さんなんだろ。あんな髪飾りなんて、他にいくつも持っているんじゃないのか」

「お嬢さんが、あんなにもか細く頼りない身体《からだ》つきで荒れた手をしていると思うか？　いや、たとえお嬢さんであったとしても、おまえのしたことは決して正当化されるものじゃない。実際の価値はどうあれ、まほろにとってあの髪飾りは、自分の安全など二の次になってしまうくらいの大事な品だったんだ」

良助はそれを聞いて、ぐにゃりと唇を曲げた。膝の上に置かれた手が小さく震え、ぐっと握りしめられる。

人間とは争い奪い合うもの、というのが狭霧の認識だったのだが、その行為に快楽を覚える者ばかりかといえば、必ずしもそうではないのだろう。苦痛を耐えるようなその表情を見れば、まほろの心を傷つけたことを知って、良助自身もまた傷ついているのは明らかだった。

そうか、と思う。

――それが人間の「良心」というものか。

この子どもはすでに自分のしたことを後悔し、反省している。短絡的に懲罰を下そうとした狭霧よりも、許しを与えたまほろのほうがずっと正しかった、ということだ。

「あの……良助がご迷惑をおかけしたようで、大変申し訳ございませんでした」

老女がふらふらと上半身を起こそうとするのを、狭霧は手で制した。

一応まだ少しは動けるようだが、いつまでもこんな生活を続けていては時間の問題だろう。それくらい、彼女は弱っていた。とても子どもだけで面倒を見きれるものではない。

「他に頼る当てはないのか？」

「千葉に親戚がおりまして、そちらへ移ろうとしていたところだったのです。ですが、このとおり私が寝ついてしまったものですから……」

目元に滲んだ涙を、皺《しわ》のある手で拭い取る。

「本当に、良助の親がどちらかでも生きていてくれればよかったのですけど。こんな、いちばん役に立たない年寄りだけが残ってしまって……でも、この子を一人置いていくのも心配で」

「そんなこと言うなよ、ばあちゃん」

良助が情けなく眉を下げ、目を伏せた。

「――何もかも、あの地震が悪いんだ。あの時までみんなで楽しく暮らしてた。父ちゃんも母ちゃんも働き者で、なんにも悪いことなんてしていない。この世には、神も仏もいやしねえ」

吐き捨てるように神仏を罵る良助に、狭霧は「そうか」とだけ答えて反論はしなかった。

その代わり、老女の額に、自分の人差し指を静かに当てる。

「な……何してんだよ？」

「いや、別に」

短く言って、狭霧は指先に神経を集中させた。

老女の額はかなり熱かった。いくら狭霧に治癒能力があるといっても、たとえば胸にできた病巣を消滅させることはできない。しかし彼女の場合は、過労と心労に、風邪が重なっているだけのようだ。

澱《よど》んでしまった悪い気を正常な状態に戻し、体内を巡らせることなら狭霧にもできる。

祖母の青白かった頬に徐々に血の気が差していき、苦しげだった呼吸が穏やかになっていくのを見て、良助は目を丸くした。

「お粥ができました」

その時ちょうど、鍋を手にしたまほろが小屋の中に入ってきた。

＊＊＊

芋粥を食べ終えると、良助の祖母は大きな息を吐き出した。

「ああ、なんだか、急に身体が楽になって……」

ここに来た時は憔悴《しょうすい》しきっていた顔に生気が戻り、皺のある肌にも張りが出てきている。今の彼女の口調と表情には、年齢相応の落ち着きがあった。

ついさっきまで起き上がるのも難しそうだった人が、こんなにも突然回復するとは思えない。まほろがちらっと狭霧を窺《うかが》うと、彼は素知らぬ顔で「粥のおかげだな」と言った。

「ばあちゃん、本当に大丈夫なのか？」

不安げに見守っていた良助に訊《たず》ねられ、老女が笑顔を向ける。

「うん、熱も下がったみたいだよ。不思議だねえ、こんなことがあるなんて。神さまが、苦労している良助を見かねて、お力を貸してくださったのかもしれないね」

「そんなの……」

良助が顔を歪《ゆが》める。そこにあるのが怒りなのか安堵《あんど》なのかやるせなさなのか、本人にもよく判らないようだった。

「良助に手を差し伸べたのはまほろだ。人が人を助けた、それでいいじゃないか」

狭霧の言葉に、老女が何度も頷《うなず》く。

まほろはびっくりして、ぶんぶんと手を振った。

「い、いいえ、わたしは何も」

良助を殴ろうとしていた男を止めたのは狭霧だし、老女を治したのも狭霧だ。

自分は本当に何もしていないのだが、ここにいるのが正真正銘の「神の使い」であると言うわけにもいかず、まほろは話の矛先を変えることにした。

「良助くんも食べて、ね？」

鍋いっぱいに作った芋粥はまだたくさん残っている。粥を入れた茶碗を差し出して勧めると、良助は箸を手にして素直に受け取った。

口元に茶碗を持っていき、ざかざかと勢いよくかき込んでいく。

「うっ……うう～……」

口の中がぱんぱんになるくらいに頰張って咀嚼《そしゃく》する合間に、唸《うな》るような声が聞こえた。喉に詰まらせたのではと心配になって覗き込んだら、良助が二つの目から大粒の涙をぼろぼろと落としていたので、まほろは驚いた。

「ごめんね、熱かった？」

もうずいぶん冷めているはずだけどと思いながら聞くと、良助は「ひあう」と答えてさらに涙をこぼした。どうやら「ちがう」と言ったらしい。

「……おいしい」

空になった茶碗を口から離し、ぽつんと呟《つぶや》く。

「おいしいよ。すごく久しぶりに、まともな飯を食った気がする」

そう、とホッとして、まほろは手を出した。

「よかった。お腹《なか》が空いていたんだね。まだあるよ」

「うん」

頷いて、良助が洟《はな》を啜《すす》る。

ひっ、と息を吸い込むと、それを契機に目からどっと涙が溢《あふ》れた。

「うえっ……おいし、おいしいよう……あったかい……うう～、ごめん、ごめんなさい、俺、怖くって……ずっと、怖くてたまんなくて……ば、ばあちゃんまでいなくなったらどうしようって、一人になったらどうしようって……うわあああ～」

最後のほうは何を言っているのかよく聞き取れないくらい、ぐしゃぐしゃに崩れた涙声だった。わあわあと泣き声を上げながら、それでもお代わりをよそった茶碗を受け取って、もぐもぐ食べている。

「だ、だれも、だあれも、おれだちをだずげてぐれなくてえ……みんな、じぶんのことでいっぱいいっぱいだからあ……だ、だけど、おれがなんとかしなくちゃ、ばあちゃんがしんじまうっておもってえ……」

「おまえさ、食べるか喋《しゃべ》るか泣くか、どれか一つに絞ったらどうだ？」

狭霧が呆《あき》れたように言ったが、良助はひっくひっくとしゃくり上げながら、それでも食べるのも話すのも止めようとしなかった。

ずっと、この小さな身体の中に押し込めていたのだろう。不安と戦いながら虚勢を張り、泣くのも、弱音を吐くのも、空腹も、必死に我慢してきたのだ。

良助の祖母は、「ごめん、ごめんね良助」と謝って、顔を手で覆っている。

「ばあちゃんまで、俺を置いていかないでよう……俺、一人ぼっちは嫌だ、嫌だよ……」

二杯目も綺麗《きれい》に平らげると、良助は茶碗《ちゃわん》を放り出し、祖母にむしゃぶりついた。幼子のようにぎゅうぎゅう抱きついて、嫌だ嫌だと繰り返す。老女も彼を抱き返し、「うん、ばあちゃん、頑張って長生きするからね」と強い調子で言いきった。

そんな二人を眺めながら、まほろは自分の心にあるものを掴《つか》みかねていた。

よかった、という気持ちはもちろんある。一人ぼっちになるのはそんなにも怖いものなのか、と少し戸惑うような気持ちもある。家族というものを持つ良助が羨ましい、という気持ちもある。

でも……ぽっかり開いた穴を冷たい風が吹き通るような感じ、そして、胸をぎゅっと締めつけるようなこの痛みは何だろう？

「まほろ」

狭霧がまほろの耳に口を寄せ、こそっと囁《ささや》いた。

「二人が落ち着いたら、話を聞くぞ」

「話？」

「おまえ、そもそもの目的を忘れてないか？　神野木十和が住んでいた場所を調べるために、俺たちはここに来たんだろうが。良助が言っていた『七十近いばあさん』って、この祖母のことじゃないのか？」

すっかり失念していたまほろは、「あっ」と声を上げた。


「ああ、神野木……ええ、ええ、覚えていますよ」

良助の祖母は朗らかに、神野木十和についての情報をもたらしてくれた。

十和は五十代で亡くなるまでこの地にいて、まだ幼かった祖母とも面識があったそうだ。

「気さくで明るいお人柄でした。若い頃、神隠しに遭ったと有名で」

十和が十七歳の夏、ふっと行方知れずになり、十日後にまたなんでもない顔で帰ってきたらしい。

少し神霊界で過ごしただけのまほろも、こちらに戻ってきた時には三日経《た》っていたから、おそらくこちらとあちらでは時間の流れ方が違うのだろう。十和もさぞかし驚いたに違いない。

「行方不明の間、自分がどこで何をしていたのか、まったく覚えていなかったとか。ただ、『神さまと大事な約束をした』と言っていたそうで」

「大事な約束――」

では十和は、ちゃんと白霊石のかけらをこちらに持ち帰り、それの守り手を百年間務めることは忘れていなかったのだ。

「その神隠しのせいで、よくない噂《うわさ》もされたようですけど、本人はちっとも気にしていませんでしたよ。お父さんと一緒に診療所で働いて、二十歳を少し過ぎたくらいの時に医者のお婿さんをもらったらしくて」

父親が現役のうちは三人で、引退してからは夫婦二人で、小さな診療所を切り盛りしていたという。

「私も子どもの頃、何度かお世話になりましたけど、十和さんもその旦那さんもとても親切で、善良な人たちでねえ。貧しい人からは決してお代を取らず、いつも『いいのいいの』と笑っていました。それだと診療所が立ち行かなくなるんじゃと周りが心配しても、そのために神さまにお力を貸していただいている、なんてことをよく冗談めかして答えてましたっけ」

守り手の恩恵のおかげで、十和の一家は窮乏して共倒れになることなく、その意志を貫いて病人を助け続けることができたのだ。

きっと、彼らによって救われた人も多かっただろう。

「十和さんのお婿さんが診療所を継いだ頃には手作りの膏薬《こうやく》がよく効くと評判になっていて、遠くからも患者さんが大勢来ていました。ええと……確か『はくびこう』という名前だったと思うけど。白い眉、って書いて『白眉膏』」

「白眉膏……」

まほろが呟くと、老女はちょっと笑った。

「ねえ、変な名前でしょう。十和さんが神隠しに遭った後で名前をつけたけど、本人もどうしてその名にしようと思ったのか判らないんですって。ただ、これがぴったりのような気がしたから、って。あの人もちょっと不思議な人でしたよ」

十和にとってヌシさまは、白く垂れ下がる眉の印象だけが薄《うっす》らとあるだけの存在であったのかもしれない。

けれどもやっぱりそれは、彼女の大事な記憶だったのだろう。どうしても名前にして残さなければと思うほど。

「十和さん夫妻に、お子さんは……」

「男の子が一人いて、『壱月《いっき》』という名前だったと思います。努力家で真面目な性格で、医術より薬のほうに興味があるからと、こつこつ勉強して別の土地で独り立ちをしたらしいです。だから十和さんが亡くなると、旦那さんは診療所を閉鎖してしまいましてね。その後、旦那さんも亡くなると、建物は取り壊されて」

すると、やはり以前の神野木家はもうここには存在していないということだ。十和亡き後、白霊石のかけらはどうなったのだろう。

かけらを受け継ぐことができるのは彼女の血を引く者のみ、という契約であったはず。

「あの、壱月さんがどこに住んでいたのかは」

「私も詳しくは……大阪船場《おおさかせんば》のほうで薬店を開いたという話を、以前ちらっと耳にした気がするんですけど」

首を捻《ひね》り、申し訳なさそうな顔をする。まほろは狭霧を見たが、彼は顎に手を当てて何事かを考えているようだった。

「その診療所の場所は覚えているか？」

「ええ、もちろん。……良助、ほら、おまえがよく行っていた、駄菓子屋のあったところだよ。そこまでお二人を案内しておあげ」

「ああ、あそこか！　判《わか》った、ついてこいよ」

泣き止《や》んだ良助は、すっかり本来の快活さを取り戻していた。張りきって立ち上がり、任せておけと胸を叩《たた》く。

老女は起き上がり、小屋を出ていくまほろと狭霧を見送ってくれた。

「本当に、なんとお礼を言ったらいいか……私たちはこれから、千葉の親戚のところへ行って、今後のことを決めようと思います。大変なのは変わりありませんが、先のことを考えられるようになったのは、あなたがたのおかげです。何もお返しできないのが、心苦しくてなりませんが」

「いや、十分、返礼はもらった」

狭霧はそう言うと身を翻し、「こっち！」とすでに歩きだしている良助についていった。まほろも「じゃあ」と挨拶して、急いで彼らの後を追う。

数歩進んで振り返ると、老女はまだ頭を深く下げたままだった。


「ここだよ」

良助が案内してくれた場所には、診療所どころか、少し前まであったという駄菓子屋さえ跡形もなかった。

完全に空き地となっているその地面を狭霧はじっと見つめて、ぐるりと一周した。目を閉じ、何かの匂いを嗅ぐように鼻を動かしている。狼《おおかみ》の姿だったら、耳もぴくぴく動いていたかもしれない。

と、ぴたりと動きを止めて目を開き、呟いた。

「……見つけた」

慌てて駆け寄り、「白霊石の気配を？」と訊ねると、狭霧は大きく頷いた。

「過去ここにあったのは間違いないが、今はない。十和の死後、息子に受け継がれたんだろう」

「壱月さんですね」

「そうだな」

狭霧はそう答えてから、改めてあたりを見回した。

考えるようにぼそりと言葉を落とす。

「――白霊石のかけらは数十年はこの地にあったようだから、十和は生存中、きちんと守り手を務めていたんだ。そして、恩恵として受け取れる壺《つぼ》の中の金の粒について、他人に言い触らすことも、傲慢になることもなく、地道に夫と診療所を続けて患者を救うことを優先させていた……それだけ、無欲でしっかりした人物だったということだろうな」

少し意外そうな、それでいてどこか感心するような言い方だった。

「立派な方だったのですね」

「立派かどうかまでは判らんが、それは決して当たり前のことではないだろう、ということくらいは俺でも判る。そういう人間なら、自分の死後のこともきちんと見据えていたのではないかな」

であれば、母から息子へ白霊石のかけらを継承する時も、「これは神さまにお返しするものだから」と言い含めていたに違いない。

現在の神野木家当主に至るまでのどこで、それが途切れてしまったのだろう。

「それでは次に捜すのは、神野木壱月さん、ということになりますね」

大阪船場の薬店——と良助の祖母の話を思い出してから、少し疑問に思った。

普通に考えて、十和の息子ということは、今の当主の祖父か曾祖父のはずだ。しかしまほろはあの家で、大阪に縁があるという話を一度も耳にしたことがなかった。祖父どころか当主の親についての話も出てきたことがないし、墓参りに行くところも一度も見たことがない。山の手の洋館には、仏壇も置いていなかった。

ひょっとして、血筋のどこかで絶縁でもしたのだろうか。そのゴタゴタで白霊石のかけらの行方も判らなくなってしまった、とか？

「大阪か——またあの地に行くことになるとは」

独り言のような狭霧の声で、まほろはその考えを中断させた。そう、どちらにしろ今は、順に辿《たど》ってみるしかない。

「ふん……なるほど」

西と思われる方角に顔を向け、狭霧が目を眇《すが》める。

「白霊石のかけらは、確かにそちらへ移動したようだ」

「そんなことまで判るのですか？」

「一度白霊石の気配を摑めばな。これで追跡も多少は容易になるぞ」

まほろはその言葉に驚いたが、同時に安心もした。大阪なんて行ったこともないのに、どうやって捜せばいいのだろうと心配だったのだ。

「今度は大阪へ行くのか？　何を捜してるのか知らないけど、大変そうだなあ」

良助が驚くように両眉を上げた。「酔狂な」という顔なのは同じだが、そこにはもう呆れも怒りもない。どちらかというと同情してくれているらしかった。

「大阪はみんな早口でせっかちらしいぞ。まほろはどんくさそうだから、迷子にならないようにな」

「うん、気をつける。……そういえば旦那さまが以前、汽車で大阪へ行ったことがあるんだけど」

「なに」

ついロを滑らせてしまったら、狭霧が鋭く聞きとがめて目を光らせた。

「大阪へは汽車で行けるのか」

「あ……はあ、でも、半日以上はかかるらしく……」

「よし、汽車に乗るぞ、まほろ！」

言うと思った。

目に見えてうきうきしはじめた狭霧に、良助が「子どもか」と小声で突っ込んだが、幸いにして耳には入らなかったようだ。

「そうとなったら急げ。追いついて乗ればいいのか？」

「まず、駅に行かねばなりません。それに発車時刻も決まっております。でも御使いさま、その前に」

重要なことが、とまほろが言いかけたところで、大きな声に割って入られた。

「あっ、きさまら！」

後ろを振り返ると、顔を真っ赤にした自警団の男が、ぴんと伸ばした人差し指をこちらに突きつけていた。指先がぶるぶる震えているのは怒りによるものか、それとも怖《おそ》れによるものか。

しかしどちらにしろ、男が次の行動に移ることはなかった。その前に狭霧が変化《へんげ》して、白狼《はくろう》の姿になったからだ。

「ぎゃっ、ばっ、化け物！」

男は叫び声を上げたが、良助は呆気《あっけ》にとられて目を真ん丸にしているだけだった。そこに恐怖はないようなので、まほろはホッとした。

「乗れ、まほろ」

腰を抜かした男には構わず、狼になった狭霧が身を伏せる。

「駅に行くぞ」

「はい」

まほろは彼の背に乗って、良助のほうを向いた。慌ただしい別れになってしまったが、しょうがない。

「じゃあね、良助くん。元気でね」

千葉に行ってからも強くいられるように、と胸の中で願いながら挨拶をした。

悪くもないのに謝るのは嘘《うそ》つきか意気地なし、という言葉は、まほろの心にしっかりと残っている。

「あ……あのさ、まほろ！」

飛び立つ寸前、良助が意を決したように口を開いた。

「まほろの大事なものを池に落として、ごめんな！　それと、ありがとう！　俺、二人のこと絶対に忘れないから！」

大きな声で言って、ぶんぶんと手を振る。

まほろがそれに返そうとしたところで、狭霧が後ろ脚で地面を蹴り、ぐんっと飛翔《ひしょう》した。

笑いながら手を振り続ける少年と、青い顔でしゃがみ込む男の姿が遠ざかっていく。

「ありがとうなあ！」

それでもその言葉は、ちゃんと空の上のまほろまで届いた。

「……御使いさま」

「なんだ？」

「わたし、誰かに『ありがとう』と言われたのは、はじめてです」

とても嬉《うれ》しいような、少しこそばゆいような、変な気分ですね。

呟《つぶや》くようにそう言うと、狭霧は「――そうかもな」と応じただけで、それっきり黙り込んでしまった。

第四章　記憶を失くしたあの子はだあれ

東京《とうきょう》駅では大勢の人が行き来していた。

赤煉瓦《れんが》の駅舎は、大震災でもほとんど崩れなかったという堅固な建物だ。鉄道関係では多くの車両が焼失したり大破したりしたそうだが、現在は全線が復旧している。

「おお、近くで見ると大きいな！」

停車中の汽車を見て感嘆し、早速乗り込もうとした狭霧《さぎり》の袖を、まほろははっしと捕まえた。

「御使いさま、汽車はそれぞれ行き先が違います。それに乗っても大阪《おおさか》までまいりません。あと……非常に言いにくいのですが」

訝《いぶか》しげに振り返った狭霧に向き合い、あまりの喜びようにここまで切り出せずにいた現実を突きつける。

「汽車に乗るには、切符が必要なのです」

「切符？」

「切符を手に入れるには、窓口で買い求めねばならないのですけども」

そのために支払うべき代金を、まほろは持ち合わせていない。はっきり言って、無一文である。今の自分の着物や簪《かんざし》を売れば切符代くらいは捻出できるかもしれないが、それは心情的にどうしてもできない。

よって申し訳ないのですが汽車には乗れません……としょんぼりしながら告げて、おそるおそる狭霧を窺《うかが》うと、彼はきょとんとした顔でこちらを見返していた。

「ああ、そうか。金が要るのか」

あっさり言って、肩を落としているまほろをまじまじ眺める。

そして、ふはっと噴き出した。

あ、笑った——と、まほろも目を瞬《またた》いて、少し前の狭霧と同じことを思った。仏頂面や得意げな顔は見たが、こんな風に無防備に目元を緩めたのははじめてだ。

……唇が綻び、頬の線が崩れただけで、こんなにも優しげな表情になるものなのか。

「なんだ、それでそんなに深刻そうな顔をしていたのか。心配するな、金子ならある」

着流しの懐に手を入れてごそごそ動かしたと思ったら、中から紐《ひも》で巻かれた財布が出てきて、まほろは目を剝《む》いた。

「お、御使いさま、それ」

「ちゃんと中身も入ってるぞ」

「どこで拾ったのですか」

「真顔で人聞きの悪いことを言うな。神使がネコババなどするか」

「では使った後、木の葉に変わるとか？」

「化け狸《だぬき》じゃあるまいし……これは俺が人間界に来る前に、春日《かすが》から渡されたものだ。あれはこちらの事情に通じているからな、『三百年前と同じように考えたらいけないよ』と口うるさく注意された」

「そ、そうなのですか」

狭霧はふてくされたが、まほろは胸を撫《な》で下ろした。

中身を見せてもらうと、ぎっしり硬貨と紙幣が入っている。狼の姿の時、財布はどこにしまわれていたのだろう、という疑問は考えないことにした。

「よかったです。でしたら、切符を買いにいきましょう」

窓口で駅員にいろいろと訊《たず》ねて、夕刻に発車する大阪行きの切符を二枚購入した。到着は明日の朝方だ。御使いさまだけ一等車に、というまほろの提案は一蹴されて、二人で三等車に乗ることになった。

「さて……すると発車までしばらく時間があるな」

どこで暇を潰そうかと考えるように、狭霧が人でごった返す駅舎内をきょろきょろと見渡す。つられるようにまほろも顔を巡らせて、一人の若い女性に目を止めた。

女学生なのだろう、未那《みな》と同じような矢絣《やがすり》の着物と海老茶《えびちゃ》色の袴《はかま》を身につけている。

両脇にいる両親らしき男女と一緒に、楽しげにお喋《しゃべ》りをしながら歩いていた。

「そうだ、そろそろ腹が減って……まほろ、どうした？」

狭霧に問いかけられて、はっとした。気づかないうちに、女性の姿をずっと目で追っていたらしい。

「あの娘がどうかしたか。知り合いか？」

「あ、いえ、そういうわけでは……」

急いで手を振って否定したが、狭霧はこちらを向いたまま続きを待っている。思ったことはなんでもはっきりと口にしてほしい、と言われていたことを思い出し、まほろは困ってしまった。本当に、大したことではないのだが。

頬を赤く染めて俯《うつむ》き、もじもじと指を絡み合わせる。

「あの、ただ……」

「うん」

「女学校というのは、どんなところなのかなあ、と以前から思っていて……ええと、憧れていた、といいますか。わたしは、その、学校に通ったことがありませんので」

義務教育が浸透してきたこの時代、小学校にも行っていないまほろのような存在は、かなり異質だろう。「捨て子で戸籍がないから」というのが、その理由だ。

未那が学校に通い、友人たちと楽しく遊び回っている間、同い年のまほろは神野木《かんのぎ》家でせっせと働いていた。

この子ったら文字の読み書きもできないのよ！　と未那と友人たちに笑いものにされたのは、十歳の時だった。そこでようやくまほろは、「無知であるのは恥ずかしいこと」という事実に気づいたのである。

それからは、未那が捨てた教科書をこっそり拾って、文字を学んだ。見つかったら激しく打ち据えられるので、頭に叩《たた》き込んだらすぐにまたもとの場所に戻さなければならない。びくびくしながら頁《ページ》をめくり、少しずつ理解を進めていくたびドキドキした。

もっと時間があれば、もっといろんな本が読めたらと、何度思ったことだろう。まほろにとって、「学校に行って勉強する」というのは、決して手の届かない天上の星のようなものだった。

拙い語彙でそれだけのことを伝えて顔を上げると、狭霧が驚いたような表情で、こちらを凝視していた。

「……御使いさま？」

「まほろ」

「はい」

「それが、おまえの『夢』ということか？」

真面目な顔で訊ねられ、目を瞬く。

「夢、とは？」

「学校に行きたい、知識を得たいというのが、おまえの望みで願いなんだろう？　人間界では、それを『夢』と呼ぶのではないのか」

「そう……なのですか？」

　まほろが知る「夢」とは、夜眠る時に見るもののことを指す。首を傾《かし》げて曖昧な返事をしたが、狭霧は一人で何かを納得したようにうんうんと頷《うなず》いた。

「そういえば人間というのは、強い願いを抱くことが、生の原動力になるのだったな。夢を持ってこそ、前に進んでいこうという力を得ると……なるほど。では、とりあえず新しい着物を買いにいくか」

「は？」

　急に変わった話題についていけない。なぜこの流れで、着物？

「池の水にどっぷり浸《つ》かった襦袢《じゅばん》を替えねばいかんだろう。もう少し動きやすい着物と、あとは袴か。ああ、心配しなくとも、その振袖はおまえのものだ。風呂敷《ふろしき》にでも包んで持ち運べばいい」

「は？」

「着物を買ったら、あとは本……学校は今の時点ではどうしようもないから後回しにするとして……そうだ、食事のことも考えないとな。汽車の発車時刻までに間に合うように急がねばならん。よし、行くぞ、まほろ!」

最後の「は?」は口に出せなかった。その前に狭霧に抱き上げられ、走りだされてしまったからである。

白髪で長身の青年が振袖姿の娘を腕に抱き、疾風のように駅舎内を駆けていくのを見て、周囲の人々は目を丸くしていた。

何がなんだか判《わか》らないうちに、まほろは真新しい着物と袴を着て、三冊の本を抱え込み、三等車の座席に座っていた。

膝の上には畳んだ振袖を入れた風呂敷包み、そして駅で買った弁当が載っている。あれよあれよとこれらのものを揃《そろ》えられて、遠慮する暇もなかった。

隣に座る狭霧は汽車に乗ってからずっと、飽きもせず窓の外の流れる景色を眺めている。「意外と遅い」「音がうるさいな」と言いつつ楽しげだ。だから余計に、お礼を言う機会を逃してしまった。

……いいのかな。

改めて自分を見下ろす。

矢絣よりもこちらが似合うと言われた着物は、撫子《なでしこ》色の地に小花模様の可愛《かわい》らしいものだ。海老茶色の袴は想像していたよりも軽くて動きやすかった。そして足には、ピカピカと艶のある革の短靴。

これらはすべて、狭霧が吟味して選んでくれたものである。以前、神霊界《しんれいかい》で振袖姿のまほろを無反応で眺めていた時とは別人のような気合いの入れようだった。

まほろにとっては、はじめて乗る汽車よりも、自分のこの恰好《かっこう》のほうが夢を見ているようだ。そうか狭霧が言っていたのはこういうことなのかと、まだ少し混乱したままの頭で考えた。

抱えていた三冊の本を駅弁の箱の上に置き、そろりと慎重に表紙をめくってみる。書店の店主と話して選んだのは狭霧なので、まほろはそれがどんな内容なのか知らない。三冊のうち一冊は仮名手本で、あとの二冊は子どもでも読める平易な物語だと聞いた。それなら話を楽しみながら自然と文字を覚えることもできるだろうから、と。

――まほろだけの、まほろのための本。

そう思うだけで、胸が上擦ってくる。

「暗いから、本を読むのはやめておけよ。目が疲れる」

紙面を撫で、文字を辿《たど》るように指先で触れていたら、ふいに隣から声をかけられた。顔を上げると、狭霧がこちらを向いている。いつから見られていたのだろうと、まほろは慌てて本を閉じた。

車窓の外はすっかり闇が落ちていた。これでは景色も見えない。

「それはもうおまえのものだ。これからいくらでも読める」

「そう……でしょうか」

まほろはあやふやに言って、視線を下げた。

白霊石《はくれいせき》のかけらを捜す旅を続けている間は、確かにその時間はあるかもしれない。しかしそれが終わった後、まほろは神野木家へと戻らなければならない。他にどこにも行く場所がないからだ。

主人からは打擲《ちょうちゃく》され、夫人と末那からは罵倒されるだろう。着物とこの本も取り上げられてしまうから、その前に狭霧に返そうと思っている。

まほろはまた、誰からもまともに相手をされない「ボロ」として、朝から晩まで働いて、あとは眠るだけの人生を送るしかない。

「なぜ、ここまでしてくださるのですか？」

暗い先行きを心の奥のほうへと押し込んで、まほろは狭霧に問いかけた。

「なぜ、とは」

「白霊石のかけらを捜すために、これは特に必要なことではないと思うのですけども」

食事をしなければ弱って動けなくなるだろうから、それについて配慮してくれるのは理解できる。だが、まほろに着物や本を与えても、かけら捜しに役立つわけではない。それくらいのことは狭霧だって判っているだろうに。

「あー、必要というか……まあ、これは俺が勝手にやっていることだから、気にするな」

狭霧は白髪をくしゃりと掻《か》き回して、目を逸《そ》らした。

「でも」

「それより、弁当を食え。大阪に着くまでまだ時間がかかるようだし、あちらに着いたら着いたで動き回らなければならんからな。しっかり食べて寝ておけよ」

結局、求めた答えはもらえないようだ。まほろはため息をついて諦めると、ガサガサと音を立てて弁当の包み紙を外した。

蓋を開けたら、白米の他に、鯖《さば》の煮つけ、卵焼き二切れ、蒲鉾《かまぼこ》、お多福豆、酢大根などが彩りよく詰められていた。思わず、わあと小さな歓声を上げてしまう。

「豪華ですねえ」

「そうか……？　これっぽっちで足りるか？」

「十分です」

種類の違う駅弁を三個買おうとしていた狭霧は不服そうだったが、質素極まりない食生活を続けていたまほろには食べきれるかどうかも判らない量で、ご馳走《ちそう》だ。

早速、半分に割った黄色い卵焼きを箸で摘まみ上げる。ぱくっと口に入れて噛《か》みしめた途端、出汁《だし》の味と甘みがじゅわっと舌の上に広がって、「んん」と頬《ほ》っぺたを押さえた。

「おまえは本当に旨《うま》そうに食うな」

狭霧が面白そうな顔つきで見物している。用意された弁当はまほろのものだけで、彼の分はない。

「御使いさまは特に食物を必要としないとおっしゃっていましたけども、まったくお食べにならないのですか。それとも、人間界の食べ物は口にしてはいけないのですか？」

「そんなことはないが」

「でしたら、少し味見をしてみませんか？」

左手を添えながら、もう一切れのほうの卵焼きを箸で挟んで持ち上げると、狭霧はちょっと困惑するような顔をした。

卵焼きとまほろとを見比べて、観念したように口を開ける。その中に卵焼きを入れると、黙って咀嚼《そしゃく》した。

まほろの期待に満ちた目をちらっと見てから飲み込んで、「……うん、旨い」と頷く。

「ですよねえ。あ、神霊界で頂いたお食事も、もちろん美味《おい》しかったですけども」

料理の質と品数で言えば、あちらのほうがはるかに上だ。ただあの時は、緊張のあまりほとんど味が判らなかった。

「おまえが作った芋粥《いもがゆ》も旨そうだったぞ」

「あれはただお米とお芋を炊いただけなので、特に味付けは……」

「だが、良助《りょうすけ》にとってはこの上なく旨く感じられたんだろう。あんなにも大泣きするほどにな。……まほろはあの場で、良助とその祖母のために何をしてやれるかと精一杯考えたんじゃないか？　そして、おまえにできる最大限のことをした。その情と、見返りを求めない思いやりが、あの粥《かゆ》の最大の調味料だったのではないか、という話だよ」

まほろは箸を持ったまま手の動きを止め、狭霧を見た。

琥珀《こはく》色の瞳はまっすぐこちらに向いている。

「良助の飢えた身体《からだ》と心の両方を、まほろは満たしてやった。俺はあの祖母の気を多少整えてやったが、二人を救ったのは、真実おまえだ」

狭霧の言葉が少しずつ染みてくるにつれ、頬がじんわりと熱を持ちはじめた。心臓がとくとくと脈打っている。

「わたし……少しは誰かを助けることができましたでしょうか」

「うん」

「喜恵《きえ》さんにもらったものを、良助くんとおばあさんに返すことができたでしょうか」

「俺はそう思う」

ふ、と息を吐く。弁当箱の上に箸を揃えて置き、そっと目を閉じた。

「だったら、よかったです。わたしはもの知らずなので、人のことも、自分のことも、よく判らなくて」

「自分のこと？」

「……良助くんがおばあさんに抱きついて泣いていた時、なんだかずっとこのあたりが痛かったのですけども、どうしてなのか未《いま》だに判らないのです」

胸の上を手で押さえたまほろを見て、狭霧は「ああ」とわずかに眉を下げた。

「それはなあ、まほろ」

「はい」

「――たぶん、寂しかったんじゃないかな」

「寂しかった？」

首を傾げるまほろに、狭霧は静かに続けた。

「良助には泣いて胸に飛び込んでいける庇護《ひご》者がいる。それを優しく受け止めて、ともに生きようと言ってくれる相手がいる。まほろは、それを持たない自分が孤独であるということを、改めて認識したんだろう。そういう時に抱く感情を、人は『寂しい』と呼ぶんだと思うぞ」

まほろは口を閉じた。胸のところに置いた手をぎゅっと握る。

そうか、あれが「寂しい」ということだったか。

……今まで名前がつけられていなかっただけで、もしかしたら本当はずっと、まほろは寂しかったのかもしれない。

「ふふ」

自嘲するように小さな笑い声を立てる。

本当に自分はもの知らずだ。こんなことさえ、人に教えてもらわなければ気づけない。

同時に、涙がぽろっと一粒こぼれ落ちた。

「あれっ？」

小さな頃はともかく、ここ数年は泣くことなんてなかったのにと、不思議な気分で顔に触れる。一度堰《せき》を切った涙は次から次へと溢《あふ》れ出てきて、ごしごしと腕でこすっても、歯を食いしばっても、ちっとも止まってくれなかった。

まほろはしばらく努力してから諦めて、もう流れるに任せてしまうことにした。今まで溜《た》まっていた分を放出しても、自分を怒る人はここにはいない。

ぐすっと洟《はな》を啜《すす》って、再び箸を取り卵焼きの残りの半分を口の中に入れる。

「しょっぱい……」

「なんで良助もおまえも、泣きながら飯を食うんだよ」

狭霧は呆《あき》れたように言って、ぼたぼた滴り続けるまほろの涙を、着物の袖先で不器用に拭ってくれた。

＊＊＊

深夜、客車内は静まり返っていた。

ガタンゴトンという車輪の廻《まわ》る音だけが響いている。

乗客たちはその大半が寝入っているようだが、中には座席が硬くて眠れないのか、苦しげに呻《うめ》いてごそごそと身動きしている者もいた。

あまり大きな音や声を立ててくれるなよ、と狭霧は内心で思いながら、自分の肩にもたれて穏やかな寝息を立てている娘に目をやった。

まほろは弁当を一つ空にすると、満腹になったのかすぐに眠ってしまった。きっと疲れてもいるのだろう。つらい時苦しい時は口にしろと言っておいたが、今に至るまでまほろが弱音を吐いたことはない。どうも、そういうのがまったく身についていないらしい。

……結局、食事を終えるまで泣き通しだったが。

それでもまほろは、自身を憐《あわ》れむ言葉を一切漏らさなかった。我慢しているというより、本人もなぜ涙が出ているのか判っていないようだった。あまりにも無自覚すぎて、痛々しいほどだ。

きっと今まで誰一人として、まほろに「可哀想《かわいそう》」という言葉をかけてやらなかったのだろう。周りに気遣ってくれる人間が存在しなかったから、まほろも自分自身を気遣うことを知らないのではないか。

空白の五年以降、ずっと一人で、存在を軽んじられて。

人は満たされることで幸福を実感するものだとヌシさまから聞いた。食事しかり、金銭しかり、愛情しかりだ。足りなければ不満を抱くか怒るか悲しむ。まほろの場合、一度も満たされたことがなかったから、自分が飢えていることにも気づかなかったのだ。

——それを「無知」の一言で片付けるのは、あまりにも惨《むご》い。

「ん……」

まほろが身じろぎしたので目を覚ましてしまったかと思ったが、唇から漏れる寝息は変わらずに続いている。もごもごと小さく口が動いているから、もしかしたら夢の中でも弁当を食べているのかもしれない。

何があっても離すまいというように、細い手はしっかりと三冊の本を胸のところで抱き込んでいた。

「はあ……」

それを見て、押し殺したようなため息が狭霧の口から漏れる。

……なぜ、本を与えたのかって？

もちろん白霊石のかけら捜しとは、まったくなんの関係もない。ただ、まほろの視野を少しでも広げさせてやりたい、と思ったからだ。要するに狭霧のごく個人的な感情によるものである。

外の世界に目が向くようになったら、今の本人がぼんやりと持っている「学びたい、知りたい」という夢が明確になり、希望を抱くことができる。

夢と希望はきっと、まほろの未来への道しるべとなるはず。

向かっていく方向が定まり、進む意志が芽生えれば、もっと目を輝かせて、朗らかに笑えるようになるだろうから、と――

しかし、それを望むのなら、狭霧自身もまたきちんと真正面から見据え、知らねばならないということだ。

この人間界と、人の心のありようと、自分の裡《うち》にあるものを。

「つまり、ヌシさまの思惑どおりということだな」

これまでまほろと一緒に見てきたこちらの世界は、思っていたほど嫌なものではなかった。

人間たちは弱々しいようで案外逞《たくま》しく、神使からすると短すぎる生を、迷い、悩み、降りかかる困難と不幸に立ち向かいながら、必死に試行錯誤を続けて歩んでいる。

善と悪はすっぱり分かれているわけではなく、親切心と利己心が同居して、どこもかしこも混沌《こんとん》としている上に、決して美しいものばかりではないが。

──それでも今の自分はもう、ヌシさまに対して「人間なんて、ろくでもない」と断言することはできないだろう、ということだけは判《わか》る。

「ありがとう、か……」

小さく呟《つぶや》いて、窓の外の闇に視線を移した。

＊＊＊

はじめて目にした大阪は、非常に賑《にぎ》やかな場所だった。

どことなく雑然としていて慌ただしく、人々はせかせかと道を行き交っている。

小さな店が身を寄せ合うようにずらりと軒を連ねているかと思えば、そこから「まいどおおきに！」「またよろしゅう！」と怒鳴るような声が飛び出してくるので、まほろはそのたびにびっくりしてしまった。

往来を歩く人たちもまた声が大きく、

「あんた、そんなん言うたかて！」

「せやさかい、わてが早よやってくんなはれと──」

という馴染《なじ》みのない言語で会話をしていて、その早口なことといったら、聞いていることちらまで目が廻りそうなくらいだった。

「まほろ、大丈夫か？」

狭霧が身を屈《かが》めて顔を覗《のぞ》き込んでくる。まほろは急いでこくこくと頷《うなず》いた。

「だ、大丈夫です。それより、これから壱月《いつき》さんがこちらで開いたという薬店を捜すのですよね？」

「そうだな。同じく薬を扱う店を聞き込んでいけば、知っている者がいるかもしれん」

「はい」

というわけで薬店を目指して進みはじめたのだが、ちょうど朝の忙《せわ》しない時間帯というのもあって、人波をかき分けていくのも一苦労だった。いや狭霧は特に苦労していないのだが、小柄なまほろは人に押され、ぶつかられ、ともするとあらぬ方向へと流されていってしまう。

「抱き上げてやろうか」

「それはどうか、ご勘弁を」

狭霧の申し出を、まほろは丁寧にお断りした。こんなところで長身の彼に抱き上げられたら、衆目を一身に浴びること請け合いだ。

「だったらしょうがない、ほら」

その言葉とともに大きな掌《てのひら》が差し出された。荷物を持ってやるということなのかと思って、首を横に振る。

「いえ、重くありませんから」

「違う違う、こっちだ」

風呂敷《ふろしき》包みを抱えていたのとは反対の手を取られ、まほろは「えっ」と声を上げた。

狭霧はまほろの手を握ったまま、するすると人の間を縫うようにして進んでいく。彼に引っ張られるようにして、おろおろしながら足を動かした。

「こうしていれば、さすがにおまえもどこかに落ちたりしないだろう」

ここで落ちるとしたら雨水や汚水の流れる側溝くらいのものだが、絶対にあり得ないとは言いきれない。また迷惑をかけてはいけないので、まほろは素直に大きな手に頼ることにした。

抱き上げられたり、手を引かれたり、自分はまるで幼い子どものようだ。そういえば良助にも「どんくさそうだから、迷子にならないように」と釘《くぎ》を刺されたのだった。

「わたしがグズなばかりにお手数をかけて、申し訳ございません」

しゅんとして謝ると、狭霧はちらっと振り返り、またすぐに前を向いた。

「……あのな、まほろ」

まほろから見えるのは彼の白い髪だけだが、その声音は真面目なものだった。

「はい」

「俺はおまえのことを、グズだとものろまだとも思ったことがない。俺から見る『まほろ』は、先入観も偏見もなく物事を捉え、自分は蔑《ないがし》ろにされていても決して他者を恨むことはない、寛容でまっすぐに芯の通った娘だ。あんな劣悪な環境で育ちながら、他人に対する憐憫《れんびん》と慈悲は失っていない。それはものすごく希少なことだと、俺は思う。おまえは自分自身のその価値を、もっと認めてやってもいいんじゃないか？」

まほろは言われた内容がよく理解できず、狭霧の形のいい後頭部を見つめた。

——自分自身の価値？

そんなものがあるとは、これまで一度も考えたことがない。だって神野木家では、誰もがまほろのことを「役立たず」と言っていた。

「他の人間が見出《みいだ》さないからといって、それは『無価値』と同義ではない。十人中九人が値札を貼らなくとも、残りの一人が千貫の値をつければ、それはその人間にとって千貫の価値があるということだろう？　いや、この時代では円だったか？　とにかく、誰かがまほろを『おまえは一銭だ』と決めつけても、まほろが自分は千円だと思ったらそう言い張ればいいんだ。少なくとも俺は、おまえにはそれだけの価値があると思っている。……この人間の世ではな」

米一俵が十五円くらいの今のご時世で、千円とは。話が壮大すぎて、ちっとも中身が頭に入ってこない。目の前がくらくらしてきた。

後ろを振り向いた狭霧は、まほろが頭から湯気を出しそうになっていることに気づいたのか、「……どうも俺は、上手《うま》い言い方ができんらしい」と困り顔になった。

「まあいい、とりあえず今は十和《とわ》の息子を捜そう」

「は、はい」

なにがしかホッとした気分で、こくりと頷く。

でも少なくとも、狭霧がまほろをグズとものろまとも思っていない、ということは呑《の》み込めた。

自分の価値は判らないが、狭霧はまほろの何かを認め、受け入れてくれているのだ。

繋《つな》がれた手は温かい。この温《ぬく》もりが得られるのもあと少しと思うと、胸が引き絞られるようにキリキリした。喉に大きな塊がつかえている感じがする。

……ようやく、喜恵の気持ちが実感として理解できた。

これがきっと、「失うのが悲しい」ということなのだろう。


大阪船場の北に位置する道修町《どしょうまち》は、江戸《えど》の頃から薬種商人が集中して店を構えたところであるらしい。それで株仲間がつくられ、組合として組織された。

だから神野木壱月という男性が薬店を営んでいた事実は簡単に摑《つか》めた。そういう記録が組合のほうに残っていたのである。

神野木薬店は、和薬だけでなく、漢方薬や西洋薬も取り扱っていたとのことだ。医学も修めたという店主の壱月は調剤もできたそうだが、中でも評判だったのは「白眉膏《はくびこう》」という膏薬《こうやく》で、当時は売薬番付の上のほうに載るほどの人気であったとか。

壱月が十和から受け継いだのは、白霊石のかけらだけではなかったのである。

堅実な商いで、「くすりの街」と呼ばれる道修町内でも順調に業績を伸ばしていたが、開店から十九年後に壱月が亡くなり、それから三年足らずで店も閉められたという。

記録は単なる記録なので、そこにどういう事情があったのか、壱月亡き後の家族がどうなったのかは判らない。

「まいったな……またふりだしに戻ったぞ」

狭霧が腕を組み、唸《うな》るように言う。

「お店があった場所は聞きましたので、まずはそちらへ行ってみましょう。隣近所の人たちに聞けば、何か判るかもしれません」

そこはおそらく別の建物になっているだろうが、店を閉じたのは三十八年前だから、十和の時よりは情報が得られるのではないか。

そんな期待とともに、教わった場所に向かうことにしたまほろたちだが、川沿いの道を歩いていたところで、狭霧が突然足を止めた。

「ど、どうしました？」

まほろも止まって問いかけたが、狭霧は無言で虚空に視線を据えたまま、小さく鼻を動かしている。診療所があった空き地でしていたのと同じ仕草だ。

「白霊石の気配がある」

その短い言葉に、鼓動が跳ねた。

「それはあの、今から行こうとしている場所でしょうか」

「いや、違うな。そちらにも気配を感じるが、別のほうにもかすかにある。……そちらは今現在、動いている」

「今現在？」

つまり、白霊石のかけらを持つ誰かが移動している——ということか？

心臓がばくばくしてきた。どうしよう、ついに見つけた。今、白霊石のかけらを所持しているのは誰なのだろう。神野木家の縁者だとしたら、現在の当主とはどんな繫がりがあるのか……

「いかんな、建物が密集している上に人通りが多くて、白霊石の気配もまぎれてしまいそうだ。急いで行けばなんとか捕まえられるか……？」

眉を寄せた狭霧が立ち並ぶ建物の向こうに目をやり、それからまほろをちらっと見る。

少し困ったような顔をしている彼に、まほろは頷いてみせた。

「わたしはここでお待ちしておりますので、御使いさまは気配を追ってください」

狭霧の移動速度が凄《すさ》まじいのは承知している。まほろがついていこうとしても、足手まといになるだけだ。

「一人で大丈夫か？」

「子どもではありませんから……あの橋のたもとにおります」

「川に落ちたりは」

「いたしません。早く！」

まほろが急《せ》かすと、「絶対に動くなよ」と念を押してから、狭霧が駆けだした。

地を蹴ったと思ったら、あっという間に姿が見えなくなる。わずかに舞う砂埃《すなぼこり》だけが、今まで彼がそこにいたことの名残《なご》りであるようだった。

ふう、と息をついてから、まほろは大人しく橋のたもとに立った。

一人になると、周りが急に静かになったような気がした。近くに通行人はたくさんいるし、相変わらず賑やかなのだが、その喧騒《けんそう》も妙に遠く感じる。

変な話だ。神野木家ではようやく仕事を終えて一人になると、ホッとしたのに。

狭霧の姿が見えないだけで、こんなにも心細い。

「だめだめ、そんなこと思ったら」

まほろはぶんぶんと首を振った。こんな情けない考えだから、狭霧はいつまでも自分を子ども扱いするのである。一人でも平気だというところをちゃんと見せなければ。

きりりと表情を引き締めて決心した途端、

「お嬢ちゃん、こないなところでどないしたんや」

と声をかけられた。

そちらを向くと、痩せぎすでぎょろりとした目の中年男性が立っている。着崩れた胸元がだらしなく開いて、見るからに荒《すさ》んだ雰囲気を持つ人物だった。

唇の両端が上がっているものの、その笑顔には中身がない。まほろを見下ろす目には、神野木家の主人と似たような凶暴性が見え隠れしていて、思わず後ずさった。

「ひ……人を待っております」

「一人でか？　こんなええ着物着て、どっかの金持ちの嬢ちゃんやろ。連れとはぐれたんちゃうか、それとも迷子か」

「いえ――」

「よし、おっちゃんが一緒に捜したろ！　まかしとき」

えっ、と思う間もなく、男はまほろの肩に手を置き、反対の手でまほろの手首をがっちりと掴んだ。

「い、いえ、ここで待っているように言われたので、ちょ、あの」

慌てて両足を踏ん張ったが、そんな抵抗をものともせず、男性はぐいぐいと力ずくで引っ張っていく。振りほどこうにもすごい力で、掴まれた手首が痛むほどだった。

　まほろは焦ってあたりを見渡した。

　狭霧はまだ戻らない。そして通行人たちは、ちっぽけな娘のことなど目に入らないようにこちらを見向きもしなかった。

「こ、困ります!」

「ええからええから」

　まほろの言葉など聞く耳持たずで、男はまるで荷物を運ぶかのように引きずっていく。ようやく手を離され、どんっと勢いよく突き飛ばされたのは、狭くて暗い路地の中だった。すえたような臭いがして、じめじめしている。往来のざわめきは耳に入るが、視界の中に他の人の姿はない。

　路地の出口を塞ぐようにして、中年男がにやにやしながら立ちはだかった。

「叫んだってだーれも来えへんで。なに、別にひどいことはせんよって安心してや。その包みと、お嬢ちゃんが今着てるもんを脱いで渡してくれたらええだけや。せや、その上物の簪《かんざし》も」

　まほろは青い顔で、風呂敷包みをぎゅっと胸に抱いた。

　追い剝ぎだ。こんな明るいうちに、しかもこんなに人の多い場所で遭うとは思ってもいなかった。

　しかしこの包みだけは絶対に渡せない。逃げ道を求めて首を廻《まわ》したが、反対側の出口は遠くて、そこに辿《たど》り着くまでに追いつかれてしまうのは明白だった。

どうしよう。どうしたらいい？　御使いさまはなんと言っていたっけ？

困った時には助けを求めろ――そうだ、そうだった。

すうっと息を吸う。

「たす……」

「邪魔や」

大声を出そうとしたところで、しゃがれ声に割って入られた。と同時に、目の前の中年男の身体《からだ》が勢いよく後方に飛ばされる。

ぐえ、とカエルが潰されるような悲鳴を上げて、男は地面に転がった。

てっきり狭霧が来てくれたのかと思ったが、背後からの光に照らされて浮かび上がる人影は彼よりも背が低く、どっしりとした体格をしている。

「なっ、なんやねん、このじじい！」

「なんやねんはこっちの台詞《せりふ》や。わいの目に入るところでしょうもない悪さしよってからに。おまえみたいな三下見てるとこっちの気分が悪なるねん。早う去《い》ね」

「なんやと……！」

「相手したってもええが、そん時は腕が半年は使いもんにならなくなるで」

その瞬間、周囲の空気がすうっと冷えた。まほろでも感じ取れたのだから、間近で脅しをかけられた中年男はもっと心臓が凍るような思いをしただろう。

ひっと息を呑んでから、あたふたと立ち上がり、一目散に逃げていく。足音が遠ざかっていくのを耳にして、まほろは全身の力を抜いた。

助かった……

「あの、ありが」

「礼なんぞ言わんでええ。単なる気まぐれやさかい」

追い剝ぎを退散させたのは、老人と言ってもいいくらいの年齢の男性だった。髪は見事な灰色で、皺《しわ》の刻まれた顔には唇の横から耳にかけて大きな傷痕がある。着流しに羽織《はおり》という姿だが、さっきの男にはない貫禄《かんろく》があった。

「世間知らずのお嬢ちゃんには判《わか》らへんかもしれんが、わいもアレとは同じ穴のムジナや。そういうのんに軽々しく頭なんぞ下げたらあかんで」

「わたしは確かに世間を知りませんけども、あなたがわたしを助けてくれたことは判ります。ありがとうございました」

深々と頭を下げると、そこでようやく、今までそっぽを向いていた老人がまほろのほうへ顔を向けた。鋭い眼光で一睨《にら》みしたと思ったら、ふっと口元が綻ぶ。

「なんや顔が似とる思ったら、性格も似とるわ」

小さな声で呟《つぶや》いて、くるりと踵《きびす》を返した。

「連れがおるんやろ、早う戻り。次にわいを見かけても、知らんぷりするんやで」

「あ……はい」

そういえば、狭霧がもう戻ってきているかもしれない。橋のたもとにまほろがいなかったら、きっと川の中を捜しはじめるだろう。その前に急いで顔を見せなければ。

慌てて路地から出ると、その場を立ち去りかけていた老人が、ふいにぴたっと足を止めた。

しゃんと伸びていた背中が徐々に丸まっていく。どうしたのかと疑問を覚えて前に廻り込んだら、胸のところでぐっと拳を握り、顔をしかめていた。

顔に脂汗が滲《にじ》み、食いしばった歯の間から苦しげな呻《うめ》き声が漏れる。

「ど、どうしたんですか？」

「なんでもあらへん……ええから、行け」

「そんなわけにはいきません」

まほろは言い返して、片膝をついた老人の背に手を置いた。

たぶん無理に動かさないほうがいいと思うが、かといってこのままでもよくないだろう。医者を呼ぼうにも、このあたりはまったく詳しくない。いや、ここは「くすりの街」なのだから、あちこちにある薬店のどれかに入って助力を乞えばいいのでは？

老人の背中をさすりながら懸命に思考を巡らせてようやくその結論に達し、「あの」と声をかけたところで、まほろは気がついた。……ひゅうひゅうと荒かった息遣いが、少しずつ収まってきている。土気色だった顔にも徐々に血の気が戻りつつあった。

老人は目を瞠《みは》り、驚いたような顔をしていた。胸の上で握っていた拳をゆっくり開いて、その中の何かを捜すようにまじまじと見つめる。

「どういうこっちゃ……この感じ」

ぶつぶつと漏れる独り言に、「まほろ!?」と大きな声が被《かぶ》さった。

「おまえ、こんなところで何して……いや、待て、その男」

どこからともなく姿を現した狭霧はまほろを見て驚愕《きょうがく》し、さらにその近くでうずくまっている老人に目をやって言葉に詰まった。

「あの御使いさま、この方は」

わたしを助けてくださって——と続けようとした言葉を、狭霧の真顔を見て呑《の》み込む。

「まほろ、こいつだ」

「は？　こいつ、とは」

「白霊石の気配のもとだ。これをずっと捜して追ってきたら、おまえが先回りしていた。

一体どうなってる？」

まほろは啞然《あぜん》とした。

白霊石を知っているかという問いに、老人は小さく片眉を上げた。

呼吸はすっかり落ち着いて、顔色も戻っている。すっくと立ち上がる動作も滑らかで、先程までの苦しそうな様子が嘘《うそ》のようだった。

「あんさん誰や。このお嬢ちゃんの連れか」

質問に質問で返されて狭霧は鼻白むような顔をしたが、頷《うなず》いて肯定した。

「そうだが」

「だったら目え離したらあかんで。こないだの大地震で、このあたりはまだゴタゴタしとんねん。東京の『くすりの街』である日本橋がえらい被害におうたよって、ここから薬の支援をしとるさかいな。人の出入りが激しいと、余所者《よそもの》やタチの悪いもんも流れてきよる。若い娘がええ着物着て一人でおったら、狙ってくださいと言うとるようなもんや」

「そうなのか？」

狭霧に驚いたような目を向けられて、まほろは小さくなった。これでは今後、ますます子ども扱いされそうだ。

「まったく油断も隙も……いや、それであんたがまほろを助けてくれたんだな。礼を言う」

「礼なんぞ要らん。普段はこんなガラでもないことせえへんのやが、今回はまあ、巡り合わせみたいなもんでな。それに、こっちも助けてもらったさかい、おあいこや」

「わたしは背中をさすっただけで、何も」

言いかけたまほろを遮るように、老人はするっと話の方向を変えた。

「……で、なんやったかな、ハクレイセキ？　そんなんは知らんな。聞いたこともない」

きっぱりと答えた老人の顔をじっと見て、狭霧が首を捻《ひね》る。

「確かに白霊石のかけらはここにはないな。気配はあるが、かなり前のものだ。……では、神野木という名は知っているか」

その問いには、顕著な反応があった。大きく目を見開いた老人は、「神野木やと？」と間違えることなくその名を繰り返したのだ。

「あんさんたち、あの家の関係者なんか」

「いや、それはこちらが聞きたい。あんたは神野木家の縁者ではないのか？」

「わいみたいなはぐれ者が、そないなことを聞かれるだけでおこがましい。あの一家はみんな善良で、真っ当な人たちばっかりやったさかい」

ふと、昔を懐かしむようなしみじみとした口調になった。

組合の記録からは決して読み取れなかったことが、この人物の頭の中にはしっかりと残っているらしいと察せられて、まほろは身を乗り出した。

「あの、ここに住んでいた神野木家の人たちのことを教えていただけませんか。わたしたち、事情があって、あの家の血筋を辿っているんです」

黙ってこちらを見返す老人の瞳には、まほろが映っているようであり、別の何かが映っているようでもあった。

ここにはいない「誰か」の顔を。

「まあ、ええわ。これもなんかの縁やろうからな。昔話になるが、聞いてんか」

ふっと小さく息をついて、口を開く。

「――わいがその人と会ったんは、十八の時や。ちょうど四十年前か。そん時、わいは『信吉《しんきち》』ちゅう名前やった」

では、現在の彼はその名ではないということだ。今の名前を出そうとしないのは、ここにいる自分とは切り離して聞け、という意味なのかもしれない。

「信吉いうんは、ほんまにろくでもないやつでな、十代はじめから殺し以外の悪いことは一通りやっとった。家族もおらんし、いつ死んでもええと思っとったから、無茶なこともぎょうさんして」

そんなんやから、敵もようけおってなあ……と老人は薄く笑った。

「ある日、そういう連中に取り囲まれて、ボッコボコにされたんや。本人も覚えてないような、些細《ささい》な理由でな。まあ、そんだけ恨みが溜《た》まっとったちゅうことやろ」

殴る蹴るの暴行を加えられ、川べりに打ち捨てられた時、十八歳の信吉は半死半生の状態だったそうだ。いや、放っておけば間違いなく死んでいた。

「道行くやつらも、嫌そうな顔して通り過ぎるだけやった。そらしゃあない、下手に関わったら、どんなとばっちり喰《く》うか判らへん。それもこれも自業自得やから、信吉はなんもかんも諦めたんや。ああまったく、なんてくだらない人生やったんやろて思いながら、地べたに転がってただ空を見上げてた」

しかし少しして、その空と自分との間に挟まるように、一人の人間がひょっこりと顔を覗《のぞ》き込んできた。

「二十代半ばくらいの娘さんやった。いや、そん時はもう結婚して子どももおったから、女性と言うべきやな。『さくら』いう名前の、べっぴんな人やった。目が大きくて、紅もせんのに頰が色づいて、そらもうほんまに桜の花が咲いたように明るくて華やかでな」

その女性のことを説明する老人の声には、今までにない熱が入っていた。迫力のある顔が崩れ、目尻が下がる。それを見ただけで、彼がその「さくら」という人物に特別な感情を抱いていたことがよく伝わってきた。

「さくらさんは、てきぱきと信吉の手当てをしてくれた。家が薬店を営んでいるから、多少は心得がある言うてな。そんでも、三途《さんず》の川《かわ》に片足を突っ込んどった信吉をこの世に引っ張り戻すのは難しいと思ったんやろなあ、小さな石を手に握らせてくれたんや。石というか、かけらやな。白くてほんのり光って、綺麗《きれい》なかけらやった。不思議なことに、それを握ったらふうっと苦痛が薄らいで」

——これは神さまからお預かりした、お守り石ですからね。きっとあなたを助けてください ますよ。

「そう言って、さくらさんは医者を呼びに走っていった。信吉はすぐ気を失ってしもたんやが、その石はずっと握って離さんかったらしい。それのおかげか知らんが、医者も驚くほど回復が早うてな」

「なるほどな……その時、白霊石の霊力がこの男の身体に流れ込んだわけだ。その霊力の残滓《ざんし》を、俺は嗅ぎ取ったのか」

狭霧が顎に手を当て、考えるように言う。まほろは一歩を踏み出した。

「そ、それで、そのかけらは？」

「もちろん、歩けるようになってからすぐ、神野木薬店に返しにいったで。こない大事なお宝、自分のようなやつに貸すのがどうかしてる、ていう文句と一緒にな」

言いながら、老人がこりこりと自分の額を指で掻《か》く。バツが悪そうなその顔を見るに、素直でなかった当時のことを悔やんでいるようだった。

「さくらさんは怒りもせずに、治ってよかったねえと笑いかけてくれた。信吉はそん時、この世にこんな天女のような人がおるんかと思ったそうや」

いきなり伝聞調になった。たぶん「天女のような」という比喩が自分でも恥ずかしいのだろう。

「さくらさんはお人好《ひとよ》しや。前の年に、薬店の店主だった壱月さんが亡《の》うなって、さくらさんとその婿さんが店を継いだばかりでな。おふくろさんは数年前に他界しとったから、さくらさんは小さな男の子を背中にしょって、あちこち駆《か》けずり回っとった。自分のほうこそ大変な時やったのに、見知らぬ若造なんぞを助けて」

それを聞いて、まほろは得心がいった。

店主であった壱月が亡くなり、その娘であるさくらが店とともに白霊石のかけらを相続したのだ。だから信吉と出会った時、彼女は「神さまからお預かりした」白霊石のかけらを、大事に持ち歩いていたのだろう。

では、「小さな男の子」というのが、現在の神野木家当主か。年齢的には合うが、その手にかけらは渡っていない。

「だが、なぜ神野木さくらは店を閉じたんだ？」

疑問を呈する狭霧を「さくらさん、や」とぎろりと睨《にら》んでから、老人は目を伏せた。

「その二年後、婿さんも急死してしもたんや。……なんでなんやろなあ。なんで、あんなええ人のところに、こないに次々とつらいことが降りかかるんやろ。あの石も、そういう時こそしっかり働くべきやないんか。この世はなんて理不尽なんやと、信吉は腹が立ってたまらんかった」

呟いて、肩を落とす。また胸が痛むように、着物の合わせ目を手で強く握った。

――いや、今痛んでいるのは、胸ではなく「心」なのだろう。肉体の怪我《けが》のように目には見えなくとも、そこが傷ついたら、やっぱり同じように痛みを覚えるのだ。

「さくらさんのお腹《なか》にはその時、新しい命が宿っとった。この身体《からだ》でとても店は続けていかれんと、閉めることを選ぶしかなかったんや。東京に父親の知り合いがおるからそっちを頼る言うて、親子で越していった。なんでも昔、壱月さんに助けられたちゅう人で、葬儀の時に『何かあったらいつでも声をかけてくれ』と言われとったらしい。善因善果とは、そういうこっちゃな。……信吉は、なーんも返せんかったが」

ここでまた東京か、とまほろは目を丸くした。

「その時、別れは告げたのか？」

狭霧に訊《たず》ねられ、老人がふんと鼻を鳴らす。

「アホ抜かせ。信吉のようなやつが、さくらさんの周りをウロチョロしとったら、変な噂《うわさ》が立ってまうやろ。石を返しにいった以降は店にも入らなんだし、一度として話しかけたりもしてへんわ」

「そのわりに事情に詳しいのは、離れた場所からそっと見守っていたからなんだろう。そういうやつが、親子が大阪を去った後、無関心でいられるとは思えんな。東京の住まいも捜して、こっそり見にいったりしたんじゃないか？」

狭霧の追及に、口を噤《つぐ》む。

しばらく無言を通していたが、両手を握り合わせたまほろの視線に気づいて、老人は渋々白状した。

「——浅草《あさくさ》に小さな家を借りて、親子で仲よう暮らしとった。わいが見た時は、下の女の子が三歳になってたな」

ということは、三年以上かけて、東京に転居したさくらの住まいを捜し当てたのか。すごい執念である。

それにしても、女の子……と考えて、まほろは首を傾《かし》げた。

あの当主に妹がいたとは、初耳だ。

「言うとくが、その時のさくらさんと子どもたちが幸せそうやったんで、それより後は東京に行ってないで。よほど困窮しとるようならなんとか手助けできんかと思ったが、さくらさんは別の仕事を見つけて、貧しいながらも楽しそうにしてはったからな」

「貧しい……」

まほろは小さな声で呟《つぶや》いた。

白霊石のかけらの守り手を務めていたなら、金の粒が出てくる壺《つぼ》だって持っていたはずだが、神野木さくらという人は、それを無分別に使うことはしなかったのだ。きっと本当に困った時にだけ、一粒ずつ取り出していたのだろう。

真面目で律義で、お人好し。彼女は確かに、神野木十和の孫娘だ。

「その場所を教えてもらえるか」

もう観念したのか、狭霧の頼みに頷いて、老人はさくらの家の場所を説明した。そこがまほろたちの次の目的地ということになる。

「事情は聞かんが、これだけ教えてくれんか。お嬢ちゃんは、さくらさんとはどういう関係なんや？」

その問いに、まほろは申し訳ない気持ちで首を横に振った。

「すみません。わたしはただ、さくらさんが持っていた白霊石のかけらを捜しているだけで、特に関係があるわけではないんです」

現在の神野木家をさくらの息子が継いでいて、その母親のことは話にものぼらないというのを、正直に伝える気にはなれない。言葉を濁すと、老人は意外そうに目を瞬《またた》いた。

「そうなんか？　でも……」

ぼそぼそと何事かを口の中で呟いてから、「まあええか」と息を吐く。

「よう判《わか》らんが、なんやこんがらがっとるんやったら、さくらさんがまっすぐ直るように導いてくれはるやろ。わいがお嬢ちゃんに会ったようにな。壊れかけた心臓が完全に止まってまう前に、少しでも力になれたならよかった」

そう言いながら、老人はぽんぽんと左胸のところを叩《たた》いた。やっぱり心臓に問題を抱えているのか。狭霧に目をやると、何も言わず首を横に振られたので、それは彼にもどうにもならないことらしい。

眉を下げたまほろに、老人が目を細める。

「十八で死にかけたわりに、よう保《も》ったもんやろ。ひょっとしたら神さんが、この時のために永らえさせてくれはったんかもしれん。昔と違《ちご》て、そう悪くない人生やったという気分であの世に行くよってな、同情は要らへんで」

それから、狭霧のほうに視線を向けた。

「なんや、こっちの兄さんと並んどると、狼《おおかみ》と仔猫《こねこ》みたいやな。お嬢ちゃんをしっかり守ってやってや。この世で怖いのは、災害だけやないさかい」

その言葉に狭霧が「承知した」とさらりと返したので、まほろはうろたえた。これでは本当に用心棒のようではないか。

「お嬢ちゃんの名は、まほろ、いうたかな」

「あ、はい、そうです」

「まほろか。ええ名や」

大きく頷《うなず》いてから、かつて信吉だった老人はにっこり笑った。

「ほな、さいなら。……ありがとうな」

安堵《あんど》を滲《にじ》ませた満足げな彼の顔を見て、まほろは思った。

――たぶん、さくらと別れる時も、ちゃんと顔を合わせてそう言いたかったのだろう。


「東京へはまた汽車を使いますか？」

老人と別れてからまほろが訊ねると、狭霧は少し考えた後で「いや」と首を振った。

「俺が飛んでいく。……だがその前に、寄り道をしてもいいか」

「はい、もちろん」

すぐに頷くと、狭霧はちょっと苦笑した。

「少し歩くぞ」

行く方角は判っているようだったので、どこに向かうのかは聞かずに狭霧と並んで歩く。

今日もいい天気で、風は冷たいがさほど寒くはなかった。

「……次の場所で、白霊石のかけらが見つかるといいですね」

その言葉を舌に乗せたら、まほろの胸に小さな痛みが走った。

そうなのだろうか。本当に自分はそう思っているのだろうか。白霊石のかけらが見つかったら、もうこうして神使の狭霧と同じ時間を過ごすことも、話をすることも、それどころか二度と会うこともなくなってしまうのに。

「浅草か。そうだな」

狭霧は気のない調子で相槌《あいづち》を打った。そういえば最初の時のような「さっさと神霊界に戻りたい」という台詞《せりふ》は、もう彼の口から出てこない。

「あの、わたし、思うのですけども」

まほろが自発的に考えを口にすることは滅多にないためか、狭霧が「うん？」と少し驚いたように顔を向けた。

「……ひょっとして、白霊石のかけらは、さくらさんの娘さんのほうに譲られたのではないでしょうか」

「娘？　信吉がさくらの家を覗きにいった時に三歳だったという？」

覗きにいったというのは語弊がある気がするが、そこは聞き流しておくことにした。

「今の神野木家の旦那さまの妹さん、ということですよね。かけらを受け継ぐのはいちばん上の子でなければならないという決まりでなければ、そのう……なんといいますか、きちんと扱ってくれそうな子のほうへ託すのではないかな、と……」

もごもごと言いにくそうにするまほろを見て、狭霧もピンときたらしい。

「なるほど。あの当主の性格では、白霊石の意味も理解できなそうだからな。かけらの存在は知らないまま、あの欲深さで壺だけ持ち出した、というのは確かにありそうなことだが……うーん」

眉をひそめて、首を傾げる。

「しかし、あの当主が長期間にわたり、壺の恩恵を受け続けているのは事実だ。それは、壺があの男を『白霊石のかけらの守り手』と認識していたことを意味する。妹が白霊石のかけらを、兄は壺を、と分けて持っているとは考え難《にく》い」

どちらにしろ矛盾が生じる、ということだ。やっぱり自分の考えることなんて底が浅いと、まほろはしゅんとした。

「いや、おまえのその推測はあながち的外れではないと思うぞ。信吉の記憶が正しければ、さくらというのは十和同様しっかりした人物だったようだし、愛情に惑わされず冷静に判断を下しそうだ。そういう人間からあのような息子が生まれるのは不可解だが、まあ、そんなこともあるだろう」

まほろは、会ったこともない神野木十和と壱月、そしてさくらに思いを馳《は》せた。

「みなさん、白霊石のかけらを大事に守っておられたのですね」

呟くように言うと、狭霧は「うん」とゆっくり頷いた。

ふわりと宙に視線を向けたのは、彼もまた、今までに見聞きした内容と、出会った人々のことを思い返しているからかもしれない。

「そうだな……俺も考えを改めたよ。変化の激しい人間界で、長い生を持つわけではない人間にとって、それはそんなに簡単なことではなかったんだ、と」

神隠しに遭った少女からはじまった、白霊石のかけらの継承。

はっきりしない記憶の中、ただ「神さまとの約束」という一本の細い紐《ひも》をしっかりと摑《つか》み続けていくのは、きっと根気だけでなく、深い信頼関係も必要だっただろう。

十和から壱月へ、壱月からさくらへ。百年という気の遠くなりそうな時間にくじけることなく、必ず神さまに返せるようにと、神野木家の人たちはかけらを守り、手から手へと受け渡して繫《つな》いできたのだ。

それを無駄にしてはいけないと、強く思った。

「御使いさま」

「なんだ?」

「わたし、神野木十和さんがヌシさまと交わした約束を、果たしてあげたいです」

白霊石のかけらを見つけ出し、ちゃんとヌシさまに返して、空の上からハラハラしながら眺めているだろう神野木家の人々を安心させてあげたい。

これは恩返しではなく、まほろの意志だ。

「……うん、そうか」

狭霧が目元を柔らかく緩めた。

それから、すうっと息を吸う。一拍置いてその息を吐き出した時、彼はそれと一緒に、何かを外に出したような表情になった。

ずっと胸の中に凝っていた何か。

「あのな、まほろ」

「はい」

「少しだけ、俺の昔話にも付き合ってもらえるか」

「……？　はい」

まほろはきょとんとしながら返事をした。

「――俺が以前人間界に来たのがおよそ三百年前、というのは話しただろう？」

そう切り出した狭霧は、どこか遠くを見るような目をしている。

「はい、お聞きしました」

「その時俺が来たのが、大阪だったんだ。当時、このあたりは大規模な戦をしていた。『大坂の役』と呼ばれるものだ。俺は神使の中でもかなり若いほうだから、人間界を訪れたのはその時がはじめてだった」

こちらに来た狭霧は驚いた。地面に転がっているのは無数の死体。鉄と血の臭い、そこに強烈な死臭が混じって、おそろしく酸鼻な光景が眼前に広がっていたからだ。

人は争うものだと聞いていたが、これほどとは――

「しかしヌシさまに『人間界を見てくるように』と命じられた以上、すぐ神霊界に戻るわけにもいかんので、俺は狼の姿で戦場を練り歩いた。人間界に介入するのは禁じられているから、本当に見るだけだ。槍《やり》で突かれ、刀で斬られ、鉄砲で撃たれた者で地面が埋め尽くされて、どこもかしこも死屍《しし》累々という有様《ありさま》だった。誰もかれも、つい昨日までは元気に動いていたのだろうに」

まほろは戦場というものを知らないが、血だらけの死体の間を歩く白狼《はくろう》の姿を想像したら、胸が痛くなった。きっとその琥珀《こはく》色の瞳は暗く澱《よど》んでいたに違いない。

だって、現在の狭霧もそういう目をしている。

簪《かんざし》が落ちたあの小さな池のように、記憶を掘り返すことによって下に溜《た》まっていた泥が浮き上がり、水面を濁らせているのだろう。

「命とはなんと脆《もろ》く儚《はかな》いものなんだろう、と俺は思った。そして生とはなんと虚《むな》しいものか、とな。これまでどれだけ精一杯生きてきたとしても、死ぬのはこんなにも呆気《あっけ》ない。だったらもっと大事にすればいいものを、同胞同士で傷つけ合うとは」

争いのない神霊界で長く生きる狭霧にとっては、大変な衝撃だっただろう。それがはじめて見る人間界だったのなら、なおさら。

「ほんの短い期間で、数万という人間が死んだ。俺は我慢できなくなって、大阪から離れることにした。これ以上死人を見るのは真っ平だと思ったんだ」

まほろは声もなく頷いた。ヌシさまだってそれを責めるはずはない。

「……だから、別の土地に向かおうとした矢先、戦場から逃げ出そうとしている人間を見つけて、俺はつい同情してしまってな。その気持ちは嫌というほど判るから」

若い男だったという。鎧《よろい》を着て、矢の刺さった右腿《みぎもも》から血を流し、それでもずるずると這《は》うようにして森の中を進んでいた。顔色は悪く、見るからに栄養不足で体力もなく、意識を失えばそれっきりもう目覚めないだろうということが、狭霧には判った。

「朦朧《もうろう》としながら、必死に誰かの名前を呼んでいた。帰る、と何度も繰り返して」

それで——と、狭霧は少し口ごもった。

「俺は、そいつの傷を治してやることにした。正当な理由なく人間界の者を治癒するのは、禁じられているんだが」

「えっ、禁じられているのですか？」

「神霊界で、カヤも春日もいずなも、おまえの身体《からだ》にあるたくさんの傷や痣《あざ》に気づいていたが、治そうとはしなかっただろう。背中に大きな火傷《やけど》の痕があった、とも聞いたぞ」

「あ、火傷の痕は五歳までの間についたものらしくて、わたしは覚えていない——いえ、そんなことより、御使いさまはわたしの頬の傷を治してくださいましたよね？　良助くんのおばあさんも」

「あの時のおまえの怪我《けが》は、俺に責任があったからな。良助の祖母はかけら捜しに必要なことだったたから『正当な理由』だ」

そうかなあ。なんとなく、こじつけのように聞こえるのだが。

「とにかく、俺はその男に刺さっていた矢を抜き、傷を塞いで、ついでに水と食い物も持ってきてやった。それでようやく頭がはっきりした男は、狼の姿の俺を見て仰天していたが、案外あっさりと受け入れた。『へえ、神の御使いさまかい、すげえや！』と目を真ん丸にして、喜んでいたな。なんというか、物事を深く考えない能天気なやつで……清太《せいた》という名のとおり、濁ったところがまったくない男だったんだ」

その名前を口にした瞬間、狭霧の顔がわずかに歪《ゆが》んだ。

「清太は侍ではなく、普通の農民だった。強引に村からここまで連れてこられたが、誰かを殺すのも自分が死ぬのも嫌だ、とこっそり戦場から逃げ出したらしい。なんでも清太には、惚《ほ》れて惚れて、かき口説いてようやく半年前に祝言を挙げた嫁がいて、どうしてもその娘が待つ家に帰りたかったそうだ」

ここまできたらどうせヌシさまに叱られるのは同じだからと、狭霧は彼のその望みを叶《かな》えてやることにしたらしい。背に乗せて飛べば、故郷の村まではすぐだ。清太は大喜びで、飛行中ずっと嫁の惚気《のろけ》を言い続けた。

「陽気に語られる人間界の話は面白かったからな、俺もそれを楽しんで聞いた」

微笑《ほほえ》ましい話をしているはずなのに、狭霧の口調は次第に重くなっていく。まほろは胸がざわざわした。

「もうすぐ村に着くというところで、俺は異変に気づいた。その一帯に、強い血の臭いが漂っていたからだ」

二人が到着した時、清太の故郷の村は荒れ果てており、住人たちは死に絶えていた。

「……たぶん、野盗に襲われたんだろう。若い男たちは全員戦に取られて、村には老人と女と子どもという、抵抗する手段を持たない者しか残っていなかった。家も田畑もめちゃめちゃにされ、村人は大半が背中から斬りつけられて絶命していた」

逃げようとしたところを後ろから、ということだ。

「茫然自失《ぼうぜんじしつ》していた清太は、すぐに駆けだして自分の家に向かった」

惚れ抜いてようやく一緒になったという彼の新妻は、土間の血だまりの中に倒れていたという。

清太はその亡骸《なきがら》を抱いて、身も世もないほどに号泣した。

「妻を生き返らせてくれと、清太は俺に縋《すが》りついて頼んできた。『お願いだお願いだ』と地べたに頭をこすりつけて、何度もな。神の使いなら、できるだろうと」

だが狭霧は首を横に振った。いくら治癒能力があろうと、死者を蘇《よみがえ》らせることはできない。ヌシさまだろうと不可能だ。それは世界の理《ことわり》に反することだから。

「清太は妻の遺体に取り縋って泣いた。そして、俺を責めた」

こんなことなら、自分もあそこで死んでいればよかった。どうして俺を助けたんだ。神の使いなんて嘘《うそ》だ、この世には神も仏もいやしねえ――

なんと言っていいのか判《わか》らず、まほろはぐっと拳を握った。

「俺はそれに、腹を立てた」

狭霧の視線が下に向けられる。淡々とした口調なのに、その声と表情には消えない後悔が含まれていた。

「傷を治した時は、『ありがとう』と礼を言っていたのに何を勝手な、とな。……清太に感謝をされて、俺は思い上がっていたんだと思う。この人間界で人ならぬ力を使うのなら、相応の覚悟が必要だということも判っていなかった」

立腹して一度はそこから立ち去った狭霧だが、そのまま神霊界に戻る気にもなれない。しばらく経《た》ってから、また清太の家に様子を見にいった。少し落ち着いているようだったら、妻と村人を弔ってやろうと声をかけるつもりで。

「――だがそこでは、清太が包丁で自分の喉を突いて死んでいた。妻を抱くように上から覆《おお》い被《かぶ》さり、顔を涙で濡《ぬ》らしたまま」

あまりにも悲惨で、救いのない結末だ。

その絶望的な光景を見て、狭霧は何を思っただろう。そう考えるだけで、まほろの胸が苦しいくらいに締めつけられた。

「そんな……」

「俺はその二人と村人たちを全員土に埋めてから、神霊界に戻った。そして禁を破った罰を受けるに際して、自分はもう人間界には関わらない、とヌシさまに申し出た。簡単に命を奪ったり捨てたりしてしまう人間が嫌いだから……そう言ってな。今思えば、そうやってすべてから目を背けようとしたんだろう。まったく、みっともない話だ」

自嘲交じりのその呟《つぶや》きを聞いて、まほろはぴたっと足を止めた。

狭霧が、ん？　と振り返り、同じく立ち止まる。まほろはこの上なく真剣な表情で、彼と向かい合った。

「御使いさま、よろしいですか」

「お、おう」

「御使いさまは、清太さんが亡くなったのが、ただ悲しかったのですよ。清太さんが生きるのを諦めてしまったから、心が傷ついたのです。何もみっともなくありません。清太さんも、お嫁さんがいなくなった悲しみを、つい御使いさまにぶつけてしまったのだと思います。きっと空の上で後悔して、お嫁さんのところに連れていってもらったことを感謝したはずです。ありがとう、という言葉に嘘はなかったのです。ですから御使いさまもう、清太さんとご自分を許してあげていいのではありませんか」

狭霧はぽかんとして、必死に言葉を連ねるまほろを見返した。

「……まほろ、おまえいつから、そんな人間らしいことを言えるようになった？」

「わたしは最初からずっと人間ですけども」

「いや、判ってる。判ってるが……そうか」

ぷっと噴き出したと思ったら、上半身を折りながらくっと笑い声を立てる。

真面目に言っているのに、と頬を膨らませたまほろの頭に、ぽんと大きな掌《てのひら》が置かれた。

「――おまえはいい子だな。まほろの視線に合わせて人間と人間界を見ると、どうにも嫌いになりきれん」

そう言いながら、くしゃくしゃと掻《か》き回すようにして撫《な》でる。まるっきり子ども扱いだが、こちらに向けられた瞳は今までいちばん優しかった。

わずかに切なさの滲《にじ》む顔でまほろに笑いかけてから、狭霧はまた前を向いた。

「話しているうちに、見えてきたぞ。三百年前はあのあたりに城があったんだが」

彼が指し示す方向には、高い石垣があった。

「今はもう見る影もないな。あんな石垣と堀はなかったし、前はあった天守閣が消えている。……人間界は本当に、どんどん進んで、変わっていくんだな」

ふっと小さく息をつく。

「だったら俺ばかりが、同じところに立ち止まっているわけにもいかんか」

独り言のような言い方だったが、どこか吹っ切れたような響きがあった。最初に足を踏み入れたこの場所に戻ってくることが、きっと狭霧なりのけじめだったのだろう。

「清太も良助と同じで、一人になるのが寂しくて、怖かったんだろう。今になって、ようやく判った気がする」

ぽつりと呟いて、まほろを振り返った。

「まほろは決して諦めてくれるなよ。生きるのも、幸福になるのも」

「幸福に……」

まほろはその言葉を嚙《か》みしめるように繰り返した。

次に向かった浅草も、地震の被害が大きい場所だった。

しかし今回ははっきりと位置が判っているので、右往左往はせずに済んだ。さくらが子どもたちと住んでいたという小さな家はもうなかったが、そこで狭霧は白霊石の気配を捉えることができたのだ。

「西から来て、また西のほうに移動している。今度は近い」

周辺を聞き込んでみたら、神野木さくらについての情報はすぐに得られた。彼女は二十年ほど前、四十代半ばで亡くなるまでこの地に住んでいて、知己が多くいたのである。

「それはもう、明るくて優しい性格でねえ。女手一つで子どもを育てて、だけどいつも笑顔を絶やさない、本当にいい人だったよ」

さくらを知る近所の人々は、みんな口を揃《そろ》えてそう言った。

「苦労も多くあったんだろうに、ちっともそんな素振りを見せなかったね」

「本当に。それどころか、こっちが困っているとすぐに手を貸してくれて」

「でもさすがに、長男を事故で亡くした時は沈み込んでいて、あたしらもなんて声をかけていいか判らないくらいだったけど」

「――は？」

その言葉に、聞いていたまほろと狭霧は二人して固まった。

「長男を亡くした？」

何をそんなに驚いているのかと、話してくれた女性がこともなげに頷《うなず》く。

「そうだよ、確か十歳くらいだったかね。両親に夫、そして今度は息子がいなくなってしまったって、その時はさくらさんもすっかり憔悴《しょうすい》していたよ。まだ四つかそこらの下の子が、さくらさんにべったりくっついて離れなかったのが、なんとも哀れだったね」

下の子が四歳ということは、信吉がさくら一家の様子を見にきた一年後のことだ。

さくらの長男はもうこの世にはいない。

では、今の神野木家当主は誰だ？

「……下の娘の名前は判るか？」

狭霧の問いに、近所の人たちは「もちろん」と答えた。

「雪路《ゆきじ》だよ。大雪の日に生まれたんだってさ。その雪ちゃんが十六になった年にさくらさんが病気で死んじまって、可哀想《かわいそう》に、あの子も一人きりになっちまってねえ」

「だけど健気《けなげ》でよくできた子だったから、その数年後にいい人が見つかって、嫁に行ったのさ。ありゃあ玉《たま》の輿《こし》だよね、相手は薬問屋の若旦那だってんだから」

「薬問屋？」

まほろと狭霧の声が重なる。

「そうなんだよ。なんでもさくらさん直伝の膏薬《こうやく》の作り方を教えているうちに、お互い打ち解けたって話で――」

白眉膏だ。十和が名付けたその膏薬が、また神野木家の人間の運命を変えたのだ。

「その薬問屋はどこに？」

「八王子《はちおうじ》だって聞いたよ」

「よし行くぞ、まほろ」

気《せ》が急いているらしい狭霧に抱き上げられて、まほろたちは八王子に向かった。

――結果から言うと、八王子に件《くだん》の薬問屋はなかった。

いや以前はあったが、十一年前、火事ですべて焼失してしまったのだという。

かなり大きな火災で、焼け跡からは雪路とその夫、夫の両親が遺体で見つかったと聞いて、まほろはその場にくずおれそうになった。

「そんな……」

母のさくらが亡くなってから、一人で苦労して、ようやく幸せになれたところだっただろうに。そんな悲しすぎる最期はあんまりだ。

そして、雪路が亡くなったなら、さくらから受け継がれたはずの白霊石のかけらはどこに行ったのか。

薬問屋のあった場所には現在、漬物店が立っていた。八王子は比較的地震の被害が少ない地域だったので、そこも崩れずに残っている。

「だめだ、白霊石の気配が途切れている」

その周辺をうろうろしていた狭霧が、困惑しきった顔をして戻ってきた。

「途切れている？」

「十一年前までは確かにあったようなんだが……そこから移動した形跡がない。ここでぷっつりと断たれている。どうなっているのかさっぱり判らん」

「か、火事で一緒に燃えてしまったとか？」

「おまえ、神霊界のものをなんだと思っているんだ？　白霊石は燃えたりしない。地中に潜っているならすぐ判るし、炭とともにどこかに運ばれたらその方向が摑《つか》めるはず」

ここにきて、白霊石のかけらの行方がまるで判らなくなってしまうとは――まほろは目の前が真っ暗になった。

「そ、そうだ、雪路さんにお子さんは？」

薬問屋のことを教えてくれた漬物店の主人は、気の毒そうな顔で首を振った。

「女の子が一人いたんだがねえ。その子も火事の後、姿が見えなくなっちまったんだ。火事の当日、薬問屋には店主夫婦、息子夫婦と孫娘、店員一人と女中がいたんだが、亡骸《なきがら》が見つかったのは、店主夫婦とその息子夫婦だけだった。あとは全員、炎に巻かれて建物に潰されちまったんだろう。孫娘はよく笑う愛らしい子だったから気の毒で」

それで、ここらの住人たちはみんな、こう思うようにしているそうだ。

――あの子は死んだのではなく、神隠しに遭ったのだ、と。

「若夫婦は一人娘をそりゃもう可愛《かわい》がっていてね。その子が二つか三つの頃、火鉢にぶつかって背中を火傷《やけど》しちまった時は、雪路さんのほうが卒倒したって話だよ」

まほろはその場に棒立ちになった。

狭霧の視線が自分の背中に向けられているのを、痛いほど感じる。

そこにある古い火傷の痕が、じくりと疼《うず》いたような気がした。

第五章　空のかなたへ別れの歌を

「まほろ、どうやら俺は根本的なところで間違っていたようだ」

漬物店から離れ、さりとて次の目的地が不明のまま、八王子《はちおうじ》の町中をぶらぶらと歩きながら狭霧《さぎり》がぼそりと言った。

対して、まほろの足取りはぶらぶらというよりフラフラしている。漬物店の店主の言葉が未《いま》だに処理できずにいるからだ。

雪路《ゆきじ》の娘にあったという背中の火傷の痕。そしてまほろの背中にある火傷の痕。単なる偶然の一致でなければ、それが意味しているのは……

「こ、根本的なところといいますと」

「失われたまほろの五年間の記憶、それを放置しておくべきではなかった。そう……最初から違和感はあったんだ。神野木《かんのぎ》家当主がおまえに向ける目と扱いは、いっそ憎悪すら感じさせたからな。白霊石《はくれいせき》のかけらを知らないのに壺《つぼ》の恩恵を受けているというのも、何かの間違いではなく、きちんとした理由があるはず」

口元に拳を当てながら、ぶつぶつと呟く。まほろはその言葉のほとんどを理解できなかったが、狭霧は口の動きを止め、くるっと顔を向けた。

「まほろ」

「はい」

「おまえの記憶を取り戻そう」

きっぱりと言われ、まほろは戸惑った。

「取り戻そうと言われても……わたしが頑張れば思い出せるものなのでしょうか」

「そんなことができれば苦労しない」

「ではどうすれば？　あっ、もしかして御使いさまは治癒だけでなく、人の記憶を戻すこともできるのですか」

「俺には無理だ。残念ながら、ヌシさまにもお願いできない。神霊界《しんれいかい》の守護者の力を人間相手に使うのは、人間界への干渉にあたるからな」

「でしたら他にはもう……」

「いや、いる――おられるんだ。ヌシさまと同等の力を持つお方が」

なぜか狭霧は唇を曲げて、複雑そうな表情をしている。彼が敬語を使うということは、その方は神使よりも上の存在ということだ。

神使よりも上で、ヌシさまと同等の力を持ち、人間界への干渉が許されている……？

「神霊界と人間界は裏と表の関係で存在している、とヌシさまから聞いただろう？」

「はい」

「神霊界の守護者はヌシさまだ。そして同様に、人間界にもまた、守護者がいらっしゃる」

「えっ」

まほろは驚いて声を上げた。

「つまり、神霊界の神さまがヌシさまで、それとは別に人間界にも神さまがいる、ということなのですか」

「まあそうだ。正確に言えば別ではなく、同根であり対であるということだが。あちらの守護者とこちらの守護者が接合するのは、この国が滅ぶ時であると言われる。よって二つの世界は交わらず、互いの世界に干渉しないのが理《ことわり》だ」

不変の法則——まほろはヌシさまの言葉を思い出した。

そうか、ヌシさまが「あれ」とか「あちら」とか言っていたのは、人間界の守護者のことを指していたのだ。

「その方なら、わたしの記憶を戻すことができるのですか？」

「うーん」

狭霧の頭が斜めになった。腕を組み、「できるかできないかで言えば、たぶんできると思うんだが」と甚だあやふやなことを言う。

「できるけども、何か問題が？」

「あるんだ。……あのな、こちらの守護者は、すごく」

「すごく？」

「怖いんだ」

思わず、は？　と間の抜けた声が出そうになった。まじまじと見返したが、狭霧は真面目に困った顔をしている。

「怖い……」

「非常に、怒りっぽい性格の方であると聞いた。そして大変に厳格だとな。神霊界の守護者であるヌシさまは、あのとおりお優しくて心の広い方だろう？　それであちらの神使たちはみんな、多少緩いところがある。そのせいか、神使が訊《たず》ねたいことや頼みたいことがあってこちらの守護者のもとを訪れても、ほとんどが断られて追い返されてしまうそうなんだ」

さっきから奥歯に物が挟まったような言い方をしているのは、そちらを頼ったとしても聞いてもらえる確率はかなり低い、ということだったらしい。

「御使いさまは、こちらの守護者さまにお会いになったことがあるのですか？」

「俺は神霊界ではかなり若いほうだと言っただろう。使いに出されるのはもっと年長のしっかりした神使だ。それでも作法を少し間違えただけで、すぐ叩《たた》き出されると聞いた」

狭霧の自信なさそうな表情を見て、まほろも緊張でドキドキしてきた。

しかし、他に方法がないとなったらやるしかない。

「人間界の守護者さまのところにまいりましょう、御使いさま。わたしも一生懸命お願いします」

「そうだな……人間をこちらの守護者のところに連れていくなど本来許されることではないが、今回ばかりはおまえが行かねばどうしようもない。とりあえず話だけでも聞いていただこう。白霊石に関することだし、耳を傾けてくださるといいんだが」

少し不安そうながら、狭霧はそう言って頷いた。


人間界の守護者は、神霊界のような御所に住んでいるわけではないらしい。

書店で手に入れた地図で狭霧が「このあたり」と指し示したのは、日本海《にほんかい》に面した地域の、高い山々が連なる場所だった。距離的には大阪《おおさか》へ行くのとそう変わりないが、人の身では決して見つけることも辿《たど》り着くこともできないという。

「神さまのおられるところですから、そうなのでしょうね」

「うん。だからまほろは俺の背に乗せていくしかないんだが……」

そこで狭霧は何かを考える顔になった。再び書店の中に入って店主と言葉を交わし、驚いたように飛び出してくる。

「まほろ、大変だ」

「はい、どうなさいました？」

「あのあたりは今の季節、雪が降っていることが多いそうだぞ。普通の着物のままで行ったら死んでしまうと笑われた。おまえの準備が必要だ」

それから二人で、支度を整えるのに奔走することになった。奔走といっても、おもにまほろがしたのは、ありとあらゆる防寒着を揃《そろ》えようとする狭霧を止めることだったが。

「これで少しは寒さに耐えられるかな」

買い物を終えてから入った一膳飯屋で息をついた狭霧に、こんなに大量の衣類を上に羽織ったら窒息死しそうです——とは言えず、まほろは「十分です」とだけ答えた。

彼の心遣いはありがたいと思っている。こうなったら全身が汗だくになっても、買ってもらった肩掛けや綿入りの着物やどてらをすべて着込む所存だ。

「はい、お待ちどう」

店員が運んできた食事をテーブルの上に載せた。膳の上に、白飯と豆腐の味噌汁《みそしる》、煮しめに焼き魚が並んでいる。すべて出来立ての熱々なので、ほかほかと湯気が立っていい匂いだ。悲壮な決意をしていたまほろの目は、そちらに釘付《くぎづ》けになった。

「これからまた長旅だからな、しっかり食っておけよ」

向かいに座る狭霧の前にも、同じ膳が置かれている。箸を持ち、ご飯を口に入れる狭霧を、まほろはじっと見つめた。

「なんだ？」

「いえ、御使いさまもお食べになるのかと……」

「おまえ一人で食うより、一緒に食ったほうがもっと旨《うま》く感じるだろう？」

では、特に必要でないにもかかわらずわざわざ同じものを注文したのは、ただ「まほろが美味《おい》しく食べられるように」という、それだけのためなのか。

目をぱちくりさせてから、我慢できずに「ふふふ」と笑い声を上げてしまった。方向性はともかく、自分に寄り添ってくれようとするその気持ちが嬉《うれ》しい。

肩を揺らして笑うまほろを黙って眺めていた狭霧は、ことんと箸を置いた。

「――まほろ、どういう形にしろ、白霊石のかけら捜しの旅は、もうじき終わりを迎えると思う」

静かなその言葉に、まほろの口元から笑みが引っ込んだ。

「はい……そうですね」

「その後おまえはどうするか、腹は決まったか」

「…………」

唇を引き結び、テーブルの上の料理に目をやる。

温かくて、美味しくて、誰かとともに語り合い、笑いながらの食事。神野木家では一度として得られなかったものだ。

一人で……いつだってたった一人で、疎外され、見下され、暴力を振るわれ、服従を強要されてきた。肉体だけでなく、心にも無数の傷をつけられていたのに、それさえ気づけなかった。

それは間違いなく、「不幸」なことであったのに。

あそこに戻れば、まほろはまた「ボロ」として踏みにじられ続ける。ヌシさまが、喜恵《きえ》が、信吉《しんきち》が、いい名前だと言ってくれた「まほろ」という名で呼ばれることもなく。

それは、「元気でね」「忘れない」「ありがとう」とまほろを送り出してくれた人々の気持ちすら、無にすることではないのか。

「御使いさま」

まほろは顔を上げて、まっすぐ狭霧と目を合わせた。

「うん」

「白霊石のかけらをヌシさまにお返しできたら、わたしは神野木家を出ようと思います」

あの家を出たら自分のように無知な小娘は生きていけないと思っていたが、そんなことはないはずだ。外の世界は広い。いろいろな人がいて、いろいろな場所がある。探せば他に働けるところくらいあるだろう。

知らないことは、これからいくらでも知っていけばいい。

「……うん、よく言った」

狭霧が微笑《ほほえ》んだ。

「あのな、さっきの漬物店で聞いたんだが、雪路の夫は『秀英《しゅうえい》』という名前だったそうだぞ」

「そうなのですか」

それが何か？　と首を傾《かし》げたまほろに、狭霧がテーブルの上で指を動かし、文字らしきものを綴《つづ》ってみせた。まほろには読めないが、漢字のようだ。

「おまえの名前――『まほろ』は、漢字で『真秀路』と書くんだと思う。父親と母親の名から一字ずつ取って、頭に『真《まこと》』をつけたんだろう。愛情深くていい名前だ。大事にしろよ」


書店の店主が言っていたのは誤りだった。

「雪が降っていることが多い」どころか、吹雪《ふぶ》いていたのである。

濃い鉛色の空には、びょおびょおと音を立てて吹き荒れる寒風とともに、白い雪が乱れ飛んでいる。買ってもらった綿入れの着物を羽織ったまほろは、狼《おおかみ》の背に乗って身を縮めた。

「大丈夫か、まほろ」

気遣うような声に、「大丈夫です」と返事をするのがやっとだ。寒いのもこたえるが、それよりも雪のせいで視界がほとんど利かないのが厄介だった。すぐ前方には屹立《きつりつ》する険しい山稜《さんりょう》が広がっているはずだが、それさえもよく見えない。

冷たくなった耳がじんじんして感覚がなくなってきていた。まほろの頭も着物も、狭霧の白い毛皮も、雪に覆われてしまっている。そろそろ二人して雪だるまになってしまいそうだ。

「いかんな、ゆっくり進んでいたらおまえが凍りついてしまう。速度を上げるから、しっかり摑《つか》まれ。今度こそ振り落とされるなよ」

「は、はい……！」

幸い、分厚い着物で包んでいた手はまだ動かせるし、袴《はかま》姿だから狼の胴体に跨《また》がって体勢も安定している。前の時のようにはならないはずだ。前傾姿勢になって首に両腕を廻《まわ》し、しっかり抱きついた。

「寒くないか」

「寒いです」

「つらくないか」

「つらいです。……でも、我慢できなくなったら、ちゃんと言います」

まほろがそう答えると、狭霧が笑った。

「よしよし、成長してるな」

「わたしの背丈はそれほど伸びていないと思うのですけども」

「判《わか》った判った……ん？　あれは」

いなすような軽い口調が、いきなり張り詰めたものに変わった。速度を上げかけていた狭霧が急停止し、まほろの身体《からだ》がはずむように揺れる。慌ててしがみついて、まほろは彼の視線が向いている方向へ目をやった。

吹雪で何も見えない。いや……ぼんやりと、黒いものがある。一面が灰色の景色の中で、墨汁を落としたかのようにそこだけ一点が黒い。

その黒い何かは、人の形をしているような……？

まほろは拳で自分の目をごしごしとこすった。まさか、そんなことがあるはずはない。だって狭霧は空を飛んでいるのに、その黒いものは彼の視線と同じ高さにある。あれが人だったら、その誰かは狭霧と同じく空中に浮いているということだ。

「——無礼者めが」

吹きつける風の音と一緒に、低い声が耳に届いた。聞こえてきたのは、狭霧の声とは異なるものだった。

「神霊界の者だな？　正式な前触れもなく我があるじの御座まで近づくとは、なんと礼儀を知らぬ輩《やから》だ」

一本調子で無機質な話し方だったが、そこには確かに怒りが込められている。

強い非難の言葉が終わると同時に、すっと黒色が溶けるように消え、一瞬後、狭霧の鼻先に唐突に何者かが出現した。

それでまほろにもはっきりと見えた。

やっぱり人だ。背中まで伸びた長い黒髪を風にはためかせた男性は、冷ややかな無表情でこちらを見返していた。切れ長で鋭い目は威圧感を伴って底光りし、薄い唇は固く引き結ばれている。

黒く見えたのは、その髪だけでなく、身につけている水干も真っ黒だったからだ。袖から出した手は、腰に佩《は》いた刀の柄を握っている。

「ま――待ってくれ。あんたは黒龍さまの神使だな？」

狭霧が慌てたように訊ねる。まほろは「え」と声を出した。

黒龍さま？

「いかにも。私は主《ぬし》さまの神使、『御影《みかげ》』。主《ぬし》さまをお守りするのが我が使命。あの方のお心を乱す者には容赦せぬ」

「俺は神霊界の神使、狭霧と申す。不躾《ぶしつけ》な訪問は詫《わ》びるが、緊急の用件があり罷《まか》り越した。どうか黒龍さまにお取り次ぎいただけないだろうか」

狭霧は頭《こうべ》を垂れて丁寧に頼んだが、御影という神使は「断る」とすぐさま撥《は》ねつけた。

「おまえのような不届きものを、主さまに会わせるわけにはいかぬ。疾《と》く立ち去れ」

「そう言わずに――事は白霊石のかけらに関わるのだ」

「あちらの守護者が、我があるじからの許可も得ず、人間の娘に渡したという白霊石のかけらか。神霊界はどこまでこちらを愚弄するつもりなのか……勝手にすればよいわ。そんなことで主さまを煩わせるな」

「それについてはきちんと説明をする。迷惑をかけてしまったことの謝罪もする。人間界の守護者を軽んじているわけでは決してない。どうかお目通りを」

「だめだ。大体、その背に乗せているのは人の子だろう。この神聖な場所に、無断で人間を連れてくる暴挙、まったく許しがたい。ここは禁足地ぞ、これより先は一歩も通さぬ」

御影は頑《かたく》なで、取りつく島もなかった。

まるで動かない無表情と、すべてを撥ね返す分厚い壁のような態度を見て、これは無理だと悟ったのか、狭霧が小さく息をつく。

「まほろ、すまん。やっぱり俺の力不足だったようだ。別の方法を考えよう」

まほろも申し訳ない気持ちで、しおしおと肩を落とした。どう考えても、自分の存在が御影を怒らせている理由の最たるものだ。

「では、引き返すのですね？」

「残念だが、ここで無理強いをすると、人間界と神霊界の間に溝をつくりかねん。今後の揉《も》め事《ごと》の種になるようなことは避けたい」

「承知いたしました」

まほろは頷《うなず》いて、御影をちらっと見やった。謝ったほうがいいのかなと思ったが、自分が下手なことを言うと余計に怒らせてしまいそうだ。

「……では、失礼する。騒がせて申し訳なかった」

「待て」

狭霧が鼻先を転回させたところで、御影の声がかかった。もしかして気が変わったのかと期待して振り返ったら、氷よりも冷たそうな視線がまっすぐまほろを射貫《いぬ》いていた。

「人の子は捨てていけ」

「な」

愕然《がくぜん》として、狭霧が口を開ける。

御影の表情はどこまでも本気で、冷酷だった。

「人間の身でこの地に足を踏み入れて、神気を穢《けが》した。その者は罪を贖《あがな》わねばならぬ」

「ふざけるな。まほろをここに連れてきたのは俺だ。大体、穢すとはなんだ？　この娘はおまえが守る人間界の者だぞ」

「私がお守りするのは主さまのみ。主さまの安息を妨げる者あれば排除するまで」

御影がすらりと腰の刀を鞘《さや》から抜いた。

待て、という狭霧の言葉が終わらないうちに、目にも止まらない速さで御影が迫ってきた。白刃がビュッと振り下ろされる。

「ちっ」

舌打ちしてそれを避けると同時に、狭霧の身体が縮んだ。白い毛皮が変化して直垂《ひたたれ》になり、前脚が人間の腕になって、ずり落ちかけたまほろを強く摑んで引き上げる。

「この石頭が！」

左手でまほろを抱き上げながら、右手が素早く太刀を抜き、再び振り下ろされた刀を受け止めた。ガギン、という大きな音が鳴り響く。

「融通が利かないのも大概にしろ！　こんなこと、本当におまえの主さまは許可を出しているのか!?」

「黙れ、神霊界の者が我があるじを軽率に語るな」

再び向かってきた刃を、狭霧が大きく振った太刀で弾《はじ》き返す。御影はすらりとした細身なのに攻撃は重いようで、空中に浮いている狭霧の身体が著しく後退した。

続けざまに放たれた一撃もなんとか受けたが、ふらっと均衡が崩れた。狭霧の顔はしかめられている。

……たぶん、彼が苦戦しているのは、まほろというお荷物を抱えているからだ。まほろを片腕に乗せながら戦っているので、どうしても力が入らず、形《かた》も悪くなる。

「さっさとその手を離せばいいだろう」

「誰が離すか！」

御影の冷然とした言葉に、狭霧が眉を吊《つ》り上げて怒鳴る。まほろを支える左手に、ぐっと力が込められた。

「お、御使いさま、わたし……」

「黙っていろ、まほろ。自ら命を捨てるような真似《まね》をしたら、俺は絶対に許さんぞ」

言いかけた言葉は、狭霧によって封じられた。

彼の過去を思えば、それでも強引に飛び降りる道を選ぶことはできない。しかし自分が負担になっているのは事実だ。まほろはどうすればいいのか、さっぱり判らなかった。

「――では、こちらも本気で参ろう」

静かな宣言とともに、御影の姿がかき消えた。次の瞬間には目の前に現れて、唸《うな》りを上げた刀身が向かってくる。

「くっ……！」

咄嗟《とっさ》にまほろを庇《かば》って身を捻《ひね》ったせいで、反応が遅れた。まともに刀の直撃を受け、狭霧の右腕から真っ赤な血が飛沫《しぶき》を上げる。直後に御影の強烈な蹴りが腹部に入って、狭霧は吹っ飛ぶように落下した。

「御使いさま!」

「くそ、飛ぶ力が残ってない……手足を丸めろ、まほろ!」

忌々しそうに命じる狭霧の手から、太刀がすうっと消えた。傷を負った右腕でまほろの胴を固定して、左手で頭を覆う。自分の背中を下にし、全身で包むようにして抱え込んだ。

この切迫した状況でも、まほろを守るのを優先しようとしている。

雪で隠されているとはいえ、下は固い岩場だ。この勢いで墜落したら無事では済まないだろう。いくら治癒能力があるといっても、首が折れたりしたら——

「だめです、御使いさま!」

生きるのも幸福になるのも諦めるな、と言ったのは狭霧ではないか。

ここまで一緒に旅をして、手を差し伸べられ続けた。まほろの知らないこと、今まで気づかなかったことを教えてくれて、たくさんの感情を引き出してくれた。

おまえには価値があると、そう言ってくれた。

その大きくて温かい手があったからこそ、ようやく「この先」に目を向けることができるようになったのに。

もしも狭霧が失われるようなことがあれば、まほろは決して幸せにはなれない。

失われる?

そう思った途端、心臓が嫌な音を立てて軋《きし》んだ。

だめ、だめだ。それだけは受け入れられない。

ずっと助けてもらった。今度はまほろが助ける番だ。絶対に諦めたりしない。

──わたしが守る。

強い意志が芽生えた、その瞬間。

まほろの中から激しい光輝が奔出した。

迸《ほとばし》る白光は周囲を広く照らし、雪原に反射した。あたり一面が光彩を放って、煌《きら》めく柱が立ちのぼる。あまりの眩《まばゆ》さに、上空にいる御影が顔の前に手をかざした。

「なんと……」

その口から呟《つぶや》きが漏れる。

全身から皓々《こうこう》とした光を放つまほろは、地上から一尺ほどの高さで浮き上がり、静止していた。

息を荒らげ、顔からしとどに汗を流して、両手はしっかりと直垂を摑んでいる。

地面に激突する直前で難を逃れた狭霧が、信じられないという顔でまほろを見つめた。

「──これは、白霊石の輝きではないか？」

茫然《ぼうぜん》とした狭霧と御影の声が重なったところで、まほろの意識がぷつんと途絶えた。

ぱちっと目を開けると、すぐ間近に狭霧の顔があった。

「まほろ、気がついたか？」

心配そうな声にこっくり頷くと、はあー、と深い息とともに頭を抱えられた。

「御使いさま、ご無事でしたか？」

開口一番でそう訊《たず》ねたまほろを、狭霧がじろっと睨《にら》む。

「この馬鹿者が！　俺は神使だ、そう簡単に死ぬか！　無茶なことをして……おまえの行動のほうがよほど心臓に悪い。この数日で寿命が百年くらい縮んだぞ！」

くどくどお説教する姿は確かに元気そうで、まほろはホッとした。右腕からの出血も止まっているようだ。

まほろは横になっていた身体をゆっくりと起こした。上に着物をかけてくれたのは狭霧だろう。傍らには風呂敷《ふろしき》包みが置かれ、その上に髪飾りが載っている。

周りを見渡すと、そこは雪に覆われた外ではなかった。自分たちをぐるりと取り囲んでいるのは、ごつごつとした岩の壁だ。それが垂直に伸びてまるで断崖絶壁のようになっている。はるか上に丸い穴が開いていて、そこから雪の舞う空が見えた。

山のてっぺんから巨大な杭《くい》を打ち込んで引き抜いた跡みたい……と、それを見上げながらぼんやりと思う。自分は一体どれくらい気を失っていたのだろう。そもそもどこから意識をなくしたのかも覚えていない。

「ここは……?」

「ここは主さまの御座である。頭が高いぞ、娘」

狭霧が口を開く前に、別の場所から返事があった。

そちらに目をやると、水干姿の御影がきっちりと膝を揃《そろ》えて座っている。厳しい顔つきは変わらないが、少なくとも攻撃的な雰囲気は消えていた。

「おい、まほろは今やっと目覚めたところなんだぞ」

狭霧が抗議したが、まほろは背中をまっすぐ伸ばし、姿勢を正した。

円形の広間のような場所だと思ったが、よく見ると奥に横穴が通じている。だが穴の入り口には薄い岩の壁が衝立《ついたて》のようにそそり立っていて、その内部を完全に隠していた。

衝立の前には、御影が番人のごとく陣取っている。ではあの向こうにおられるのが主さま――人間界の守護者か。

まほろは地面に両手をついて頭を下げた。

狭霧がまほろのすぐ後ろに移動し、片膝をつく。彼も緊張しているのか、ぴんと糸を張ったような空気を背中に感じた。

「――大体の事情は、その神使から聞いた」

よく通る声が、衝立の向こうから聞こえた。神霊界のヌシさまと似ているが、あちらほどのんびりしていない。落ち着いた口調は、御影と同じく無感動なものだった。

「なにやら、複雑なことになっているらしいな」

その一言の後、沈黙が続いた。

まほろが少し顔を上げて御影を窺《うかが》うと、いかにも「やむを得ない」という様子で息を吐き出した。

「直答を許す」

「じきとう」の意味はよく判《わか》らなかったが、御影も狭霧も口を噤《つぐ》んでいるので、たぶん自分が話しても構わないのだろうと判断して、まほろは口を開いた。

「人間界の主さま、わたしはまほろと申します。百年前、神野木十和《とわ》さんが神霊界のヌシさまからお借りした白霊石のかけらを、あちらにお返ししたいと思っております。そのためには、わたしが失《な》くした記憶を取り戻さねばなりません。どうか主さまのお力をお貸しくださいい。お願いいたします」

背後にいる狭霧が硬直したのが判った。御影は表情を動かさず怒っている。まほろの話し方も頼み方も、たぶん正式な礼儀からは程遠いのだろう。

しかしまほろは、こちらの守護者が厳しいという「作法」を知らない。下手に取り繕ったところで、さらに不敬を重ねる可能性のほうが高い。

自分にできるのは、嘘《うそ》偽りを混ぜず、言葉を飾らず、率直にお願いすることだけだ。

「人の子とは、なんと厚かましい」

吐き捨てるように呟いたのは御影だった。衝立の向こうからの反応はない。

ややあって、静かな問いかけをされた。

「……その役目を、なぜそなたが負う必要がある？　かけらを渡したのは神霊界の『あれ』で、受け取ったのはその十和という娘だ。百年前に生まれてもおらなんだそなたに、責任があるとも思えぬ」

責任、とまほろは口の中で繰り返した。

「借りたものは返すのが、責任なのではございませんか？」

「それをそなたがすることはあるまい、と言っておる。返してほしくば、神霊界の『あれ』が勝手に取り立てにくればよい」

「人に貸したものは、人の手で返さなければならないと聞きました」

「詭弁《きべん》だな。神霊界の者は、人間の寿命というものについて疎すぎる。この件は、百年などという無謀な貸与期間を定めたあちらに非があろう。神野木十和は死んだ。人間は肉体が滅べばもう何も残らない。記憶を継承することができない以上、百年前に交わした約束などに、なんの意味もない」

「それでも」

強い声を出し、衝立の向こうに視線を据える。

意味がない、という言葉は、まほろの中にある感情をひどく刺激した。

「記憶は継承できなくても、人の想《おも》いは受け継いでいけます。守り手になったことで自分の生き方を貫けた神野木十和さんは、神霊界のヌシさまに感謝し、約束を果たそうとしていました。その決意と願いを、十和さんは壱月《いつき》さんに伝え、壱月さんがさくらさんに伝え、さくらさんは雪路さんへと伝えたはずです。神野木家の血筋の人たちはみんな、いつか神さまにお返しする日のために、白霊石のかけらを大事に守って、次の世代へと繋《つな》いでいました。神野木家の人々を覚えていて、今もその思い出を心に深く刻んでいる人たちもいました。肉体はなくなっても、何も残らないなんてことはありません。そこには変わらない想いがあります。わたしもそれを引き継いで、白霊石のかけらを自分の手でヌシさまにお返ししたいと思っているのです」

衝立の向こうからの返事はない。

しんとした沈黙が続く中、まほろが息を詰めていると、やがて「……こちらへ」という声が聞こえた。

御影が目を瞠《みは》って「よろしいのですか」と言ったが、主さまはそれには答えない。

石の衝立の端から、何かが出てきた。

鋭く尖《とが》った爪だ。それに続いて、巨大な鳥の趾《あしゆび》のようなものも見えた。真っ黒で、硬そうな皮膚と鱗《うろこ》に覆われている。

なるほど、とまほろは納得した。

――「黒龍さま」か。

立ち上がると、後ろから「まほろ」と小さく名を呼ばれた。どこか不安そうな声だったが、まほろはそのまま進んで衝立の前で止まり、膝を曲げた。御影の怖い顔は気にしないことにする。

にょっきりと伸びてきた手――いや、前脚というべきか――が、まほろの頭の上にかざされた。

まほろは神野木邸の近くに生えていたヤツデの木を思い浮かべた。主さまの趾は、その大きな葉の三倍くらいある。五本ある指にそれぞれついているのは鷹《たか》の爪《つめ》に似ているが、もちろん大きさは比べるまでもない。

正座したままその脚を見上げていたら、衝立の向こうから細い紐《ひも》状のものが出ているのが目に入った。黒くて長くて、ここは風もないのに、そよぐように動いている。

あ、と気がついた。

これは、髭《ひげ》だ。

そう思った途端、神霊界のヌシさまの白い髭がぱっと頭に浮かんだ。なるほど、ともう一度思って、内心ではたと手を打つ。

神使である狭霧の本来の姿が白狼《はくろう》なのだから、そのあるじであるヌシさまにも「本来の姿」があるのだろう。神霊界と人間界の守護者は同根であり対……であれば。

こちらの守護者が「黒龍」、あちらの守護者は「白龍」なのだ。

そうかあ、そうだったのかあ。

感嘆しながらそんなことを考えていたら、爪先がまほろの頭のてっぺんに軽く触れたところで、前脚の動きが止まった。

「娘、怖くはないのか」

まほろは目を瞬《またた》いた。

「怖い……？　なぜでしょう」

「このまま儂《わし》が少しだけ力を入れれば、そなたの頭など簡単に潰すことも、切り刻むこともできるぞ」

「『できる』と『する』は、まったく別のことだと思うのですけども」

自慢ではないが、まほろは暴力を受けるのに慣れている。相手に自分を害するつもりがあるかどうかくらいは判る。人間界の主さまがまほろのことを小さな虫のように思っているとしたら別だが、その場合はわざわざ自分の手を使うまい。

まほろの返事に、衝立の向こうの空気がわずかに揺れた。

どうやら笑っているらしい。御影が息を呑《の》んで、顔に驚愕《きょうがく》の表情を浮かべている。

「無知で無垢《むく》な娘よ、確かにそなたはもう少し、様々なことを知らねばならぬようだ。人のこと、この世のこと……そして、自分のことを」

龍の五本指が緩く曲げられる。

その瞬間、頭の奥で固く封じてあった箱が開かれた。

中のものが一気に溢《あふ》れ出す。記憶の奔流に押され、まほろの意識は十一年前へと引き戻された。


――見渡す限りの火の海だった。

バチバチと音を立てて炎が舌を伸ばし、部屋の畳を黒く焦がしていく。赤く照らされた室内は息苦しくて、炙《あぶ》られるように熱かった。襖《ふすま》の向こうの廊下はすでに煙が充満して、一寸先も見えない。

「ああ、もうこんなところまで」

泣きそうな顔で立ち尽くしていた母は、両膝をついてまほろの両肩に手を置いた。

「まほろ、よく聞いて」

母の真剣な顔と声に、まほろはがたがた震えながら頷《うなず》いた。五歳の子どもであっても、今の状況が非常に切羽詰まっていることくらいは判る。

優しい祖父母は薬を守らねばと店舗のほうに向かって、それっきり戻らない。いつだって頼りになる父は、燃え落ちる天井から守るために自分たち母子を突き飛ばした後、姿が見えなくなった。

もう、誰の声も聞こえない。

火の回りが尋常でなく速かった。外への出口はことごとく塞がれて、炎と煙から逃げているうち、母とまほろは屋敷《やしき》のいちばん奥まで来てしまった。ここはたくさんの薬を保管するための場所で、上のほうに明かり取り用の窓があるだけだ。

「まほろはまだ小さいから、あの窓を通れるわ。母さまが抱き上げてあげますから、あそこから外に出るのよ。いいわね？」

「でも、かあさまは？」

明かり取りの窓は、小さいだけでなく幅も狭い。子どもならなんとか、という程度のあの窓から、母が出ることは可能なのだろうか。

「大丈夫、母さまも後から行きますからね」

にこっと笑って母は言った。子どもながらに一抹の不安を抱いたが、今まで一度も嘘をついたことのない母がそう言うのだからと、その言葉を信じるしかなかった。

祖父母も父ももういない。その時、母親が本当のことを告げたなら、まほろも絶対にこの場に残ることを選んだだろう。

一人きりにはなりたくない。それはとても怖いことだから。

「まほろ、お願いがあるの」

母はそう言って、首にかけていた小さなお守り袋を外した。母がいつも肌身離さず持ち歩いていたものだ。これはなにより大事なものだからと、お風呂に入る時でさえすぐ手の届くところに置いていた。

「これを持っていて。中に小さな石のかけらが入ってる。今度はまほろが、この石を守るのよ。いつか神さまにお返しする、その時まで」

「神さまに……？」

当惑しながらお守り袋と母の顔を見比べるまほろに、母は力強く頷いた。

「母さまも、自分の母さまにそう教わった。神野木の血を引く者は代々、守り手の恩恵にあずかって、何度も助けられてきたわ。だからこそ、約束は必ず果たさなければいけないの。これは神さまの守り石だから、きっとまほろのことも守ってくださる」

母はお守り袋をまほろの手に握らせて、その上から自分の両手でぎゅっと包んだ。

「まほろ、あなたは生きて。そして幸せになって。わたしの可愛《かわい》い子。母さまはいつでも、まほろのことを見守っていますからね」

母は涙の滲《にじ》んだ目で娘を見つめて微笑《ほほえ》んだ。

それからまほろを抱き、窓のところまで持ち上げた。

窓は高い位置にあるので、頭を先に出すわけにはいかない。苦労しながら足を窓に押し込んでいるうちに、どんどん煙が部屋の中へと入り込んできた。

「かあさま、ほんとに後から来るんだよね……？」

涙声で確認すると、母は「ええ」とはっきり答えた。笑顔を保つのも困難であったろうに、最後まで幼い娘にそれを悟らせないまま。

「さあ、早く！　地面に着いたら、すぐにここから離れるんですよ。決して後ろを向いてはだめ。お守り袋を握って、前だけを見て走りなさい」

「どこに行けばいいの？」

「通りの先にある材木屋さんに。あそこのご主人は父さまの昔からのお友だちだし、人情家だもの。必ず力になってくれる」

「じゃあ、そこにかあさまも来てね。待ってるからね」

「ええ、きっと」

その会話を最後に、母はまほろの手を離した。窓からずるっと頭が抜ける。

「きっとよ！」

泣き笑いの表情を浮かべていた母の姿は、もう見えない。

尻餅をついてしまったが、まほろの小さな身体《からだ》はなんとか下に着地した。母の指示どおり、立ち上がってすぐに駆けだす。きっと会える、母は約束を破らない。そう思うのに、なぜか涙が溢れて止まらなかった。

炎に包まれた家屋の周りには、大勢の人が集まっていた。大変だ大変だと騒ぎながら水の用意をしたり、家財道具を運び出したりしている。混乱した群衆は、小さな子どもの姿などまったく気にかけていなかった。

その中を突っ切って通りを駆けていこうとしたまほろは、人混みの中に見知った男女の姿を見つけた。

二人は野次馬たちの後ろで、まるで息をひそめるようにして建物が炎を上げる様子を眺めていた。どうしてか顔を隠すようにして頭巾を被《かぶ》っているが、毎日のように顔を合わせていたまほろにはすぐに判った。

そういえば彼らは今までどこにいたのだろう？　いつもなら一人は店の帳場に、一人は台所にいるはずなのに、今日は朝から姿を見なかった気がする。夫婦の間にはまほろと同じ齢《とし》の娘がいるはずだから、その子に何かあったのだろうか。

でも、まほろは安心した。これならば材木屋まで行くこともない。二人に母のことを話して助けてもらえばいいのだ。

そう思って前へと進めた足は、二人に声をかける前に止まった。

ぼそぼそとした会話の中身が、耳に入ってきたからだ。

「……上手《うま》く持ち出せたのか？」

「ええ、簞笥《たんす》の引出しにしまってあった壺《つぼ》でしょう？　ちゃあんと持ってきたわよ。それにしたって、こんな小さな壺から、本当に金の粒が出てくるの?」

「ああ、間違いない。それさえありゃあ、俺たちはすぐに大金持ちだ。せこせこと働く必要もなくなる。まったくバカな連中だよ、こんな便利なものがあるなら、店なんざ要らないだろうに」

「善人ぶった一家だったからね、本当に苛々《いらいら》させられたよ。まあ今頃、みーんな焼け死んでるだろうけど」

「出口という出口に火を点《つ》けたからな、駆《か》けずり回って逃げ道を探してるうちにおっ死《ち》んだことだろうさ」

ひひひと声を抑えて笑い合う。

まほろは茫然《ぼうぜん》として立ち竦《すく》んだ。じわじわと理解するにつれて、顔から血の気が引いていく。

この人たちが家に火を放った――

真っ青になって後ずさったら、顔を巡らせた男のほうと目が合ってしまった。がくんとその顎が落ちたのを見て、ぱっと踵《きびす》を返して走りだす。

「おい、ガキだ! 生きてた! 捕まえろ!」

背後から慌てふためく声と足音が聞こえる。まほろは人波をよけながら全速力で駆けた。しかし所詮子どもの足だ、すぐに追いつかれてしまうだろう。

建物と建物の間に入り、ぶるぶると震えの止まらない手でお守り袋を開けた。

——家も家族も何もかも奪われた。捕まればこれも奪われる。守らなくちゃ。かあさまがわたしに渡した、大事な大事な神さまの守り石。

絶対に取られないところ、見つからないところに隠さなければ。

袋の中から白く輝く石のかけらを取り出して、まほろは口の中に入れた。

目を瞑《つぶ》り、思いきってごくんと飲み込む。

気づかれませんように。誰にも奪われませんように。守り抜くことができますように。

何を聞かれても知らないと言わなければ。答えることができないように、かけらのことは忘れてしまおう。知らない、知らない、なんにも知らない。思い出すこともない。

いつか神さまにお返しする、その時まで。


主さまの前脚が離れた。

まほろは小さく震えながら、後ろを振り返った。その顔が真っ青なのと、涙でびしょ濡《ぬ》れになっていることに気づいて、固唾を呑んで見守っていた狭霧がぐっと唇を結ぶ。

すぐに手を出して、ぐらぐらと不安定になったまほろの背中をしっかりと支えてくれた。

「お、御使いさま、大変なことになりました」

「大変なこと」

狭霧は正直に「聞きたくない」という顔をしてから、瞬時に覚悟を決めて表情を引き締めた。

「記憶は戻ったのか？」

「はい。白霊石のかけらがある場所も判《わか》りました」

「でかしたじゃないか！　で、かけらは今どこに？」

「わ、わたしの」

「おまえの？」

「お腹《なか》の中です……」

両手で顔を覆って打ち明けると、狭霧は「は？」と調子はずれの声を出した。

まほろは彼に、蘇《よみがえ》った記憶のすべてを包み隠さず話した。眉を寄せて聞いていた狭霧が、最後のところで仰天して叫ぶ。

「飲み込んだ!?　かけらを!?」

「……はい」

「だからさっき、おまえの内部から白霊石の輝きが放出されたのか！　いやしかし、あの時までは白霊石の気配はまったくなかったぞ。どういうことだ？」

「おそらく白霊石のかけらが、自らの気配を完全に消していたのだろうな」

石の衝立《ついたて》の向こうから、主さまが言った。

前脚が中に引っ込んで、長い髭《ひげ》の先だけが見える。

「なにしろ白霊石を飲み込んだ人間など前例がないから、しかとは言えぬ。……だが、おそらく白霊石のかけらは、娘の中に入ったことで、その心と共鳴したのだろう。娘が『絶対に見つからないように』と願ったから自らの霊力を消して存在を隠匿し、娘が『忘れてしまおう』と祈ったからその記憶を封じたのだ」

主さまの言い方は、まるで白霊石にも意思があるようだった。

狭霧は呆気《あっけ》にとられている。

「存在を隠匿……神霊界の守護者でさえ気づかぬほどに、ですか？」

「見事に欺いたな。さすが世界の要の白霊石、かけらであっても一枚上手だ」

気のせいか、その声音とふるふる揺れる髭が、ほんのちょっぴり楽しげだ。

「……すると俺は、白霊石のかけらを体内に入れたまほろと一緒に、ずっとかけら捜しの旅を続けていたと……」

「極めて間抜けだな」

ふんと鼻で笑った御影に、狭霧はムッとした顔を向けた。

「おまえだって気づかなかったではないか。極めて間抜けなのは同じだ」

「なんだと」

「やるか」

互いに太刀と刀の柄に手をかけ、険悪にいがみ合う二人を、主さまは無視した。

「白霊石は守り石――そなたの母の言うとおりだ。だから持ち主であるそなたの『守らなければ』という強い意志と共鳴した瞬間、眠りから目覚めて真価を発揮した。とはいえこれまでも最低限、そなたの身は守っていたはずだ。なにしろ母の願いと祈りも託されておるからな」

狭霧の背中から落ちた時のことを、まほろは思い出した。

意識を失う直前、『あなたは生きて』という女性の声が聞こえたが、あれは――

「……かあさま」

ぽつりと呟《つぶや》いて下を向き、膝の上に置いた両手をぎゅっと握りしめる。

五歳まで、自分は周りから愛されて、大事にされて、幸せだったのだ。自分を守って亡くなった父のことも母のことも、今まですべて忘れていたなんて。

「罪の意識を抱くことはない。記憶を封じねば、そなたの命もまた失われていただろう。それは両親の望むところではない」

「はい……」

滴り落ちた涙を、まほろは拳でぐいっと拭い取った。

「それで、これからどうするのだ」

主さまのその言葉で、はっと我に返る。

そうだった、そもそもここまで来たのは白霊石のかけらを見つけるためだったのだ。そして、それは確かに見つかったが……

「ど、どうやってかけらを取り出せば……わたしのお腹を切り裂けばいいのでしょうか」

「待て待て、物騒なことを言うな」

ちらっと太刀に目をやったら、狭霧が慌てた様子で柄からぱっと手を離した。かといって彼もすぐには解決策が思い浮かばないらしく、思案顔で腕を組む。

「……とりあえず、かけらについては所在が判っただけでもよしとしよう。どうするかはヌシさまのご判断を仰ぐことになるが」

「では、神霊界にまいりますか？」

「いや」

狭霧は改めて厳しい表情になった。

「その前に、真実を明らかにせねばならん」

と、重々しい口調できっぱりと言う。

険しさを帯びたその瞳を見て、まほろは少し背中が寒くなった。今の狭霧は、最初に会った時の冷然とした威厳と覇気をまとっているように思えたからだ。

「では、こちらから大まかな経緯を神霊界に知らせておこう。そのほうが話が早いだろうからな」

主さまはそう言って、「御影」と神使の名を呼んだ。

「おまえがあちらに伝えに行きなさい」

「は!?」

あるじから命じられて、御影の端整な顔が驚きに歪《ゆが》んだ。

「なぜ私が」

憤然として言い返す御影を嫌そうに眺め、狭霧が「俺と同じことを……」とぼそぼそ文句を言っている。

「私には主さまをお守りする使命があります。それを放って神霊界になど」

「おまえもあちらのことをもう少し知ったほうがよかろう」

「そのような必要はありません。私は主さまの唯一の神使です。お傍《そば》を離れたら、主さまをお守りする者が不在になってしまいます」

人間界の守護者の神使は、御影一人だけなのか——と、まほろは心の中で呟いた。

御座とされているこの場所も、神霊界とはまるっきり違う。周りは岩肌に囲まれて、緑も花もなく、寒くはないが暑くもなく、そして、静寂ばかりがある。

この場所だけ、まるで時が止まっているかのようだ。

主さまと御影は、目まぐるしく移り変わる人の世界を、ここからどのような思いで眺めているのだろう。

「必要があるかどうかは、おまえが決めることではない。……では、言い方を変えよう。御影よ、おまえは神霊界の神使をさしたる理由なく傷つけ、白霊石のかけらの守り手に危害をくわえようとした。その事情説明と謝罪のため、神霊界の守護者のもとへと遣わす。しっかりと役目を果たせ」

びしりと申し渡されて、御影が石のように固まった。

「し、しかし、あの娘が白霊石のかけらの守り手であるとは、あの時点では――」

「だからといって、問答無用で斬りかかってよい理由にはならぬ。おまえはまず、相手の話を聞くべきだったのだ」

「……安心しろよ。あちらには、おまえのように石頭で不愛想で話の通じない神使はいないからな。説明も聞かず追い返されたりすることはなかろうさ」

狭霧の言葉は、慰めているのか皮肉なのかよく判らない。少なくとも御影は皮肉と受け取ったようで、凄《すさ》まじい形相で睨《にら》んできた。

また喧嘩《けんか》になる前にここを辞去したほうがよさそうだと、まほろは地面に手をついて深々と頭を下げた。

「人間界の主さま、どうもありがとうございました。このご恩は、決して忘れません。もうお目にかかることはないと思いますけども、どうぞお元気で。これから、主さまと御影さまのおられるこの場所に向けて、毎日手を合わせることにいたします」

主さまは「む」と答えただけだったが、衝立の端から見える髭が少しだけ可笑《おか》しそうに、ゆらゆらと波打った。


まほろは神野木邸へと戻ってきた。

石造りの立派な洋館は、出発した時と何も変わっていなかった。それはそうだ、あれからそれほど時間は経《た》っていない。

その短い期間で大きく変わったのは、まほろのほうだ。

主人夫婦は食堂にいた。未那《みな》がいないのは、女学校に行っているためか。

でっぷりしたお腹を窮屈そうに椅子の中に収めて新聞を見ていた主人と、その向かいに座ってお茶を飲んでいた夫人は、扉を開けて室内に入ってきたまほろの姿を見て、目を見開いた。

近くで控えていた女中たちもまた、口を丸く開けている。

「ボロ！」

まほろの傍に白狼《はくろう》がいないことを真っ先に確認してから、ガタンと椅子を倒して立ち上がった主人が叫んだ。

「きさま、今まで何をしていた⁉　どこぞで遊び惚《ほう》けていたんじゃあるまいな⁉」

ずかずかと詰め寄ってくる主人の顔を、まほろは正面から見返した。

考えてみれば、こんな風にまともに目を合わせたことは一度もない。彼はまほろに、常に頭を下げることを強いていたからだ。

不興を買えば――いや、特に理由はなくとも、殴られ、蹴られ、暴言を浴びせられた。幼い頃からずっと植えつけられ続けた恐怖心は、まだまほろの中から消えてはいない。顔からは血の気が失《う》せ、手も足も小さく震えている。

根性を振り絞り、まほろは両足を踏ん張って主人と対峙《たいじ》した。

自分はもう五歳の幼子ではないのだ、ここから逃げるわけにはいかない。そして悪くもないのに謝るような真似《まね》は、二度としない。

まほろは、嘘《うそ》つきにも意気地なしにもなりたくなかった。

「……わたしは『ボロ』ではなく、『まほろ』です」

「あ？　誰がそんなことを言えと言った。今はそんなくだらない――」

「くだらなくありません、大事なことです。わたしの名前は、父と母が自分の名から一字ずつ取ってつけてくれたものだから。わたしはもう、それを決して忘れたりしません」

その瞬間、二人は雷に打たれたような反応を示した。

びくりと激しく身じろぎして、その場で凍りつく。目玉が今にも飛び出しそうなほど、大きく開かれた。

夫人が声も立てずに湯呑《ゆの》みを落として床にお茶をぶちまけ、主人は一度さっと蒼褪《あおざ》めた後、次第に血をのぼらせてどす黒い顔色になった。

「――おい、おまえら、ここから出ていけ」

いきなり低い声で命じられ、女中たちは揃《そろ》って「えっ？」とぽかんとした。

「出ていけと言っている！　さっさとせんか、グズどもが！」

間髪をいれずに怒鳴られて、ひっと悲鳴を上げた女中たちがバタバタと食堂から逃げていく。彼女たちがいなくなってから、主人は眉を吊《つ》り上げた憤怒《ふんぬ》の表情で、まほろに向き直った。

「……思い出したのか」

何を、とは言わなかったが、まほろは躊躇《ちゅうちょ》なく頷《うなず》いた。

「すべて思い出しました。あなたが、以前は薬問屋の店員で」

自分の人差し指を主人に突きつけてから、その指を今度は石像のように動かないままの夫人へ移動させる。

「そして、あの人が女中であったことを」

二人は祖父の営む薬問屋で働いていた。店の帳場で客の相手をしていた男と、台所で飯炊きを任されていた女。二人は祖父の許可を得て夫婦になった後、長屋に住んで子どもを育てながら店に通い、それぞれの仕事をこなしていた。

五歳のあの日まで、まほろを「お嬢さん」と呼んでいたのは彼らのほうだったのだ。

ぐっと両手を強く握る。

「なぜ、あんなことをしたんですか」

祖父母も両親も、温厚な雇い主だった。二人に対して横暴に振る舞ったことは一度としてない。母は我が子と同じ齢《とし》だからと、彼らの娘のためにあれこれ心を砕き、足りないものがあれば用立てて渡していたくらいだった。

この二人は彼らのその信頼と優しさを裏切り、すべてを奪い取った。命も、家も、店も、神霊界の壺《つぼ》も、母の旧姓である神野木の名前さえ。

「ふん」

主人は唇を歪めるようにして上げ、やにわにまほろの頭を上から強く摑《つか》んだ。顔を近づけ、低く濁った声を出す。

「ずいぶん偉そうな態度だなあ、ボロ。あなただと？　あの人だと？　なんだその偉そうな呼び方はよ？　思い出したからって、自分が上になったとでも勘違いしてんじゃねえのか？　ははっ、こりゃあ笑わせる。昔はどうあれ、今のおまえはただの汚いみなしごだ。てめえのようなでくの坊に何ができるってんだ。……残念だったなあ、記憶が戻りさえしなきゃ、まだ生きていられたかもしれねえのに。こうなったら、てめえもあの世に送ってやらねえと」

普段から居丈高な主人だが、ここまで野卑で粗暴な言葉遣いで恫喝《どうかつ》してきたことはない。いや、きっとこれがこの人物の本性なのだろう。

その途端、バン！　と大きな音がして食堂の扉が開いた。びゅうっと激しい風が吹き、主人の身体《からだ》が後方へと勢いよく吹っ飛ばされる。

「醜悪だな」

短く言い捨てて室内に入ってきた狭霧を見て、床に尻をついた主人が顔を引き攣《つ》らせた。

人間の姿をした彼と顔を合わせるのは、まほろが神霊界に行った時以来のはず。きっと主人の中で、人間の狭霧と狼《おおかみ》の狭霧が同一であるという認識はされていないだろう。

「まほろ、話は終わったか？」

「問いに対する答えはもらっていませんが……いえ、もういいのです。話を聞いたところで、とうさま、かあさま、じじさま、ばばさまは戻ってこない。それに、どんな理由があろうとも、わたしがそれを許すことも納得することも絶対にありません」

たとえ公になることはなくとも、この二人が犯した罪は消えない。まほろにとって、彼らは死ぬまで咎人《とがにん》だ。

記憶を取り戻したことで、当時の怒りと悲しみの感情も蘇《よみがえ》ったが、それを恨みと憎しみに変えることだけはしないでおこうと思った。父も母もそれは望んでいないだろうし、自分の中にある白霊石まで汚してしまいそうだ。

「まったくお人好《ひとよ》しだな。これぞ神野木の血というわけか」

「御使いさまのほうはいかがでしたか」

「見つけたぞ。ずいぶん頑丈な鉄の金庫に入れてあったが、あんなもの俺にとっては木箱も同然だ」

そう言って、直垂《ひたたれ》の袖の中から白くて小さな壺を取り出す。それを見て、主人夫婦がぎょっとして目を剥《む》き、叫び声を上げた。

「壺！　それはわしのものだ、盗んだのか！」

狭霧は冷たくそちらを見下ろした。

「黙れ、盗《ぬす》っ人猛々《たけだけ》しいとはこのことだ。まほろの母からこれを掠《かす》め取ったのはおまえらのほうだろうが」

「うるさい、返せ！」

顔を真っ赤にして突っ込んでくる主人をひらりとかわし、ついでに思いきり横っ腹を蹴飛ばしてから、狭霧はまほろのほうを向いた。

「まほろ、俺はこれから後片付けをせねばならん。おまえは外に出ていろ」

「はい」

後片付けというのが何を意味しているのか今一つ判《わか》らなかったが、まほろは素直に返事をした。

主人夫婦に目をやり、一瞬だけ口を引き結ぶ。

「……わたしは今日限りでここをお暇《いとま》して、外の世界で生きていきます。それでは」

最後まで頭を下げずに挨拶をして、くるっと背中を向けた。

まほろを縛る鎖はもうない。自分の意志で、自由になった足で、ここを出ていくのだ。

——ああ、身体が軽い。

＊＊＊

食堂の扉が閉じられたのを確かめてから、狭霧は「さて……」と呟《つぶや》いた。

ぐるんと首を廻《まわ》し、おもむろに顔に手を当てる。

その手が徐々に白い獣毛に覆われ、鼻面が前に伸びていくのを、主人が唖然《あぜん》と見ていた。

椅子から転げ落ちた夫人のほうは、腰が抜けたらしく、そのまま床にへたり込む。

口がぐぐっと広がり耳元まで裂け、そこから太くて鋭い牙が覗《のぞ》いた。

白髪の中からぴんと生えた耳が小さく動く。琥珀《こはく》色の双眸《そうぼう》が爛々《らんらん》とした光を放ち、床に置いた両手の指からは尖《とが》った爪が伸びた。

完全に四足獣の姿になった狭霧が、ブルッと身体を振る。

狼の眼《め》でじろりと見据えると、主人夫婦が揃って「ひっ」と声を出し、座ったまま後ずさった。たぶん、雷を落とされた時のことを思い出しているのだろう。

「――ここに戻るまでに調べてきた。おまえは今、『神野木道明《みちあき》』と名乗っているそうだな？」

主人は返事をしない。その場から立ち上がれないくせに尊大な態度は崩そうとせず、ギラギラした目でこちらを睨んでいる。

「答えよ」

狭霧は静かに催促したが、そこには否を許さない威嚇を含んでいた。おまえたちなど一嚙《か》みで終わりだぞ、という意味を込めて牙を剝くと、夫人が悲鳴を上げ、主人はギリリと歯嚙《はが》みした。

「そ、そうだ……それがわしの名だ」

「ふん、三十年以上も前に死んだ子どもと同じ名だな。さくらの息子、雪路の兄だ」

狭霧は冷笑した。

さくらの長男・道明が、子どもの頃に浅草で亡くなったのは間違いない。その時点で死亡届も出されたはずだ。

しかし戸籍上では生存していて、現住所はこの屋敷《やしき》になっていた。

たぶん役人に金を積むなりして細工をしたのだろう。大火などで役所自体が燃えてしまうこともあるこの国では、戸籍の管理はそれほど厳密ではなく、抜け道も大いにある。

十一年前、薬問屋の火事で焼け死んだことになっているこの男は、そうして新たな名前と立場を手に入れた。いや、「乗っ取った」と言ったほうが正しいか。そうすることで、雪路の壺を奪った帳尻を合わせようとしていたのかは定かでないが。

「だが、どうしてまほろまで連れてきた？　あの娘は、おまえたちの悪事の生き証人のはずだ」

店に付け火をし、雇い主の一家を焼死させた。狭霧はこの時代の法について詳しくないが、普通に考えれば死罪以外にない。なんとしても隠しおおそうとするのなら、真っ先に考えるのは生き残った娘の口を塞ぐことだろう。

主人はそっぽを向いて黙っていたが、狭霧が長い尾で床をバンと叩《たた》くと、ぐうっと唇を曲げて、渋々認めた。

「……ああ、そうさ」

ふてぶてしく言い放ち、そうしたことでかえって開き直ったのか、

「殺してやろうとしたんだよ」

と吐き捨てるように白状した。

どうやってか燃える家から脱出した子どもは、自分たち二人の会話を聞いて素早く逃げ出した。そのまま警察に駆け込まれてはたまらない。必死でそれを追いかけてようやく見

つけた時、子どもは狭い路地の中で気を失って倒れていた——

「ちょうどいいと思って、この隙に親父《おやじ》やおふくろのところに行かせてやろうと思ったんだ。ガキ一人だけ残っていたって気の毒だからな。眠っているうちにあの世に行けりゃ、本人だって親だって喜ぶだろうさ」

ぬけぬけと言ってのけて、主人は悔しげに眉間に深い皺《しわ》を刻んだ。

「……だが、できなかったんだ。首を絞めようとしても、短刀で心臓を一突きしようとしても、駄目だった」

その瞬間だけ、子どもの細い首や小さな身体が鋼のように硬くなり、すべての攻撃を弾《はじ》き返したのだという。

「しかも、全身がぼうっと白く光るんだ。まるで電球みたいにな。うすっ気味悪いったらありゃしねえ。あいつもすっかり怖気《おじけ》づいちまって、『何かが取り憑《つ》いてる、殺すと祟《たた》られる』って騒ぐもんだから」

忌々しそうに自分の妻に目をやる。夫人はさっきから恐怖のためか真っ白い顔色で、浅い呼吸を繰り返していた。おそらく当時もこんな顔つきをしていたのだろう。

「だがそのへんに適当に捨てて、起きた後で余計なことをべらべら喋《しゃべ》られてもかなわねえしな。しょうがねえってんで、そのまま攫《さら》ってきたら——」

目を覚ました子どもは、何も覚えていなかった。

自分がどこに住んでいたのかも、家族のことも、目の前の男女が何者で何をしたのかということも。

ただ一つ覚えているのは、自分の下の名前だけだった。

夫婦は愉快な気分で大笑いした。

きっと火事の衝撃で記憶を失ったんだ。こんなにも都合のいいことが起こるなんて、神仏は自分たちに味方をしているに違いない――

「それで『捨て子を拾った』と本人と周囲を騙《だま》し、記憶が戻らないか監視をしながら、まほろの精神と肉体を支配することにしたというわけか……」

暗澹《あんたん》たる表情で呟いて、狭霧は大きなため息をついた。

繰り返される虐待でまほろが心を閉じていくにつれ、その内部にある白霊石のかけらも輝きを失い、ひっそりと眠りについてしまったのだろう。

「放っておけば野垂れ死にしていたガキに、飯をやり、寝床を与えて、育ててやったんだ。恩に着るのが当然だろうが」

まほろをそんな境遇に追いやったのは自分なのに、堂々と権利を主張する姿はあまりにも異様だ。後悔も反省もまるで見出《みいだ》せないその姿に、良助《りょうすけ》の爪の垢《あか》を煎じて飲ませてやりたいと、狭霧は心底うんざりしながら思った。

「……さすがに、おまえのようなのは人間の中でも特殊なのだろうな」

壊れているのは、この男の倫理観か精神か。

執拗《しつよう》にまほろを見下していたぶっていたのは、こいつの劣等感の裏返しだ。過去、自分がまほろの祖父母や両親に頭を下げなければならない立場であったからこそ、「お嬢さん」と呼んでいた少女を足蹴にすることに快感を覚えていたに違いない。

両親を殺《あや》めた理由を聞いたとしても、まほろには理解できなかっただろう。いや、この腐った言い分を、あの娘の耳に入れずに済んだのは幸いだった。

「――下種《げす》どもが」

こんな連中のために、まほろは十一年もの年月を無駄にした。本当なら今頃は親元でのびのびと暮らし、女学校に通い、美味《おい》しいものをたくさん食べ、屈託なく笑って、幸福な日々を送っていただろうに。

白霊石のかけらが、まほろの人生と運命を根底から変えてしまった。

この男が壺から恩恵を得ていたのは、白霊石のかけらの保持者で正統な守り手であるまほろを、まがりなりにも「養育」していたからだ。非常に皮肉なことに、壺はこいつがまほろの庇護《ひご》者だと認識していたのだろう。その庇護とやらが洗脳に近い暴力を伴っていても、そこまでは斟酌《しんしゃく》しない、ということか。嫌になるほど応用が利かない。

――であれば、その責任は神霊界が負うべきだ。

「おまえたちは、大罪を犯した」

二人に向かって淡々と告げると、主人が脂汗を流しながら「はは」と嗤《わら》った。

「だったらなんだ？　あのバカな若夫婦が壺を持っていたって意味がない。二人でこそこそと『神さまからの授かりものだから、人助けのために使おう』と話していやがった。くだらねえ偽善者どもが。いくらでも金の粒が湧いてくるんだぞ？　自分たちのために使わないでどうする？　あんなやつらのところにあっても無駄だ、だから俺が貰《もら》ってやった！　あいつらに代わって、天下に金を廻してやったんだ！　今さら警察に訴えたって無駄だぞ、誰もあんなのろまの言うことなんざ聞くもんか。証拠だって何もない！」

「……さても浅ましい人間よ。鼻の穴をおっぴろげて叫ぶでないわ」

唾を飛ばしてがなりたてていた主人は、ふいに聞こえた女の声に、ぎくりとして口の動きを止めた。

「きゃあっ！」

悲鳴を上げたのは夫人のほうだ。彼女の足元には、いつの間にか白蛇がにょろりととぐろを巻いている。からかうように長い舌がちろちろと伸びた。

「あ、あんたっ！」

「うるせえ、叫ぶな！　ただの蛇だろうが！」

「おやおや蛇は嫌いかえ？　では狐《きつね》なんてどうかのう？」

主人の背後から、にゅうっと首を出した狐が、糸のような目をさらに細めてにんまりと笑う。鼻先をぴったり寄せられて、主人は「ひいっ！」と床を這《は》いずるように逃げた。

「な、な、なんだこれは！」

「狐は化けるというからねえ、怖がるのも無理はない。可愛《かわい》い兎《うさぎ》ならよいのではないか？」

這っていった先で待っていた白兎が、ぴょんと飛んで主人の頭の上に乗った。長い耳がぴくぴく動き、赤い目を丸めてコロコロ笑う。

「ぎっ……！」

いつの間にか、食堂内には様々な動物が集《つど》っていた。蛇に狐に兎、鼠《ねずみ》や猿や蛙《かえる》もいる。

狭霧は目を瞬《また》いた。

「カヤ、いずな、春日《かすが》、来たのか。みんなして勢揃《せいぞろ》いだな」

「人間界の神使から、事情はすべて聞いた。あまりの内容に全員が憤慨しているのさ」

バサッと黒い翼を羽ばたいて、烏《からす》が狭霧の背中に降り立つ。

「御影か。感じの悪いやつだっただろう？」

「礼儀正しい神使ではないか。自分が短慮であったと、ヌシさまにきっちり頭を下げていたぞ。おまえのやり方も性急すぎた」

速多《はやた》に叱られて、狭霧は鼻面にぎゅっと皺を寄せた。なんだあいつ。

「ヌシさまが、この件はおまえに任せるとの仰せだ。人間界《こちら》の許可も得ている」

「承知した」

短く答えて頷《うなず》くと、速多は少し苦笑した。

「このことでまたおまえの人間嫌いに拍車がかかるのではないか、とヌシさまが心配しておられたぞ」

「では、あちらに戻ったら自分からちゃんとお伝えする。……今回、再び人間界に来る機会をいただき感謝しています、とな」

人間は身勝手で好戦的で残酷で、簡単に命を捨てたり奪ったりする。大義だとか欲望とかで同胞の血を流すことも厭《いと》わない、愚かで浅ましい生き物ではあるけれど。

同時に、弱く、優しく、尊い心も持ち合わせた、愛おしい生き物でもある。

……人の命は、確かに儚《はかな》く脆《もろ》い。しかしだからといって、人の生が虚《むな》しいとは限らない。

そのことを知ることができてよかった。今は、心からそう思っている。

「――罪人どもよ、きさまらは白霊石のかけらの守り手とその身内を殺め、後継者が受け取るべき恩恵を不当に搾取した。その行為は神を愚弄し、謀るのと同じこと。よって相応の報いを受けねばならん。神霊界におられる我があるじに代わって、神使・狭霧が神罰を下す」

狭霧の言葉が終わるとともに地鳴りのような大音響が轟《とどろ》き、建物全体が激しく揺れた。

＊＊＊

まほろが神野木邸の庭先で狭霧を待っていたら、突然玄関の扉が開き、中から女中たちが悲鳴を上げながら飛び出してきた。

「また大地震だよ！」

「今度こそ潰されるう！」

口々にそんなことを喚《わめ》いて、一目散に門の外へと走っていく。その様子を見て、のんびりと道を歩いていた人たちが呆気《あっけ》にとられた顔をした。

無理もない。

大地震も何も、さっきから地面はこそりとも揺れず、物音一つしない静けさを保っている。

「どうしたのかな……？」

けたたましく叫びながら駆けていく女中たちの背中を見送って、まほろは不思議そうに首を傾《かし》げた。あんな風に着物の裾をからげ、髪を振り乱しながら走っていたら、近所の人たちに笑われてしまいそうだ。

門から頭だけを出してきょとんとしていたら、

「あっ、ボロ！　あんた戻ってきたの!?」

と、背後からまたその名前を呼ばれた。

ふう、とため息をつきながら振り返ると、そこにいるのは未那だった。女学校帰りなのだろうが、その手に教科書を入れた風呂敷《ふろしき》包みはない。たぶんまほろがいないからと他の女中を荷物持ちに任命したものの、何らかの理由で癇癪《かんしゃく》を起こして、さっさと一人だけ帰ってきたのだろう。まほろの時も同様のことが何度もあった。

「おかえりなさい」

これで会うのも最後だろうからと、まほろは言葉をかけたのだが、未那はつかつかと歩み寄ってくると、パンと音を立てて頬をひっぱたいた。

「おかえりなさいませ、お嬢さま、でしょ。ほんの数日でそんなことも忘れるなんて、おまえってほんとにバカね！」

苛立《いらだ》たしそうに決めつけてから、まほろの恰好《かっこう》を上から下までじろじろと眺め廻《まわ》す。小花柄の着物の袖を摘まみ、穿《は》いている袴《はかま》と革の短靴を見て、眦《まなじり》を吊《つ》り上げた。

「んまあ、まるで女学生みたいじゃないの、図々《ずうずう》しい。質もいいし、高価そうだわ。おまえのようなウスノロが着ていいものじゃないわよ！」

そのまま袖を摑《つか》んでぎゅっと引っ張られたが、まほろは動かなかった。

未那は昔から、自分の持っているものを見せびらかしては、「おまえには死ぬまで持てないわねえ」と笑うのが好きだった。そのまほろが「自分が持っていない」ものを身につけているのが、なによりも腹立たしいのだろう。

両親も、標準より上の衣食住も、教育の場も、あらゆるものが揃《そろ》っているのに、なおも人を羨み妬む気持ちが、まほろには判《わか》らない。

「この間着ていた振袖はどこにやったのよ」

末那の問いにまほろは答えなかったが、大事に抱え込んでいる包みを見て、すぐに気づいたらしい。

「あの男がおまえに着物を買い与えたの？　どうしておまえみたいな、なんの取り柄もない間抜けに？　そういうものを着るのは私のほうが相応《ふさわ》しいわ。それもこれも、おまえには宝の持ち腐れよ、寄越《よこ》しなさい！」

包みに伸びてきた手を、まほろは軽く払い落とした。

「なっ」

驚いたように目を丸くした末那に向かって、静かに首を横に振る。

「これはわたしが頂いたのです。人のものを奪うことをしてはいけません」

末那はこれまで、そのことを誰からも教わらなかったのだろうか。だから、それが悪いことだと判らないのか。今のうちにしっかりと頭に入れておかないと、彼女の両親のようになってしまいかねない。

しかし、まほろに窘《たしな》められるのは、未那にとってはよほど屈辱的なことだったらしい。般若《はんにゃ》のような顔で、乱暴に小突かれた。

「ボロのくせに……！　生意気なことを言うんじゃないわよ！　その場に手をついて謝りなさい！　早く！」

「──強欲で傲慢。おまえたちは親子でそっくりだな」

呆《あき》れ返った声がして、弾かれたように未那がそちらに顔を向ける。まほろも振り返ると、建物のほうから狭霧が歩いてくるところだった。

「な……何よ、あの不気味なけだもの」

今の狭霧は人間の姿をしているので、未那がそう言ったのは彼に対してではない。歩いている狭霧の後ろから、二頭の獣がのそのそと足を動かしてついてきていたのだ。

神使の誰かなのだろうかとまほろは思って、すぐにそれを打ち消した。

その四足獣は、狭霧とはまったく気配が違っていた。妙に禍々《まがまが》しく、どんより澱《よど》んだ空気を発している。豚くらいの大きさで猪《いのしし》のような形をしているが、どちらとも違う。奇妙な外観をした獣の肌は、びっしりと硬い瘤《こぶ》のようなもので覆われていた。

鼻が潰れ、牙が曲がり、耳はだらしなく垂れ下がっている。一頭は脂肪がたっぷりついたブヨブヨした身体《からだ》をしているのに、もう一頭はくっきりと肋骨《ろっこつ》が浮き出るくらいに痩せ細っていた。

しょぼしょぼした小さな目には黄色い脂が溜《た》まり、口から出る息は何かが腐ったような悪臭がする。

二頭とも、どういう理由によるものか、止めどなく涙を流していた。

ぐおーう、という鳴き声は、必死に何かを訴えているようだ。

そのダミ声を聞いて、まほろは戦慄した。

もしかして、この獣——

「いやだっ、ちょっと、こっちに近づけないで！」

未那はその二頭を強い声で拒絶した。顔にはあからさまな嫌悪と侮蔑の表情が乗っている。獣たちが両方とも自分に寄ってくるので、悲鳴を上げた。

「……あの、なんとも思いませんか」

おそるおそるまほろが問いかけても、未那の態度は変わらない。

「はあ!?　なんとも思わないわけないでしょ！　気持ち悪いに決まってるじゃないの、こんな不細工で醜いけだもの！　着物が汚れたらどうしてくれるの!?　その畜生どもを早くここから追い払って！」

「追い払っていいのか」

狭霧は皮肉げに唇の片端を上げている。

「当然でしょ！　屋敷《やしき》の中に入れたら承知しないわよ！　さっさとどこか遠くへやってち

ょうだい！」

「相判った。それでは罪人どもを遠方へと飛ばそう。娘、おまえは人を殺してはいないから獣にはしないが、親とともに行かせる。せいぜい孝行することだ」

狭霧が高々と手を上げると、びゅおっと突風が吹き上がった。

「きゃあっ！　なっ、なに⁉」

竜巻のような渦が、二頭の獣と未那を巻き込んで上空へと勢いよく舞い上がる。未那の悲鳴と獣たちの叫び声が周囲に響き渡った。

彼らがそのままどこかへ飛んでいってしまうのを、まほろは茫然《ぼうぜん》と眺めているしかなかった。

「お……御使いさま、これは、あまりに」

「人のいない未開の地へと飛ばしたわけじゃない、心配するな。娘は自らを省みて、素直に許しを求めれば、救いの手が差し伸べられる。いずれ両親の獣姿も解けて、人に戻るだろうよ」

「そ、そうなのですか。なら」

「改心すれば、だが」

少しホッとしたのに、ぼそっと付け足された言葉で台無しだ。まほろは困惑して空を見上げたが、そこにはもう何も見えなかった。

穏やかに澄んだ青空には、ゆったりと白い雲が流れている。

「……あいつらではなく、神野木家の者たちに向かって手を振ってやりな。やっと終わったか、と安心しているだろうから」

狭霧の言葉に、まほろははっとした。

そうだ、自分はようやく胸を張って、先祖たちに報告をすることができるのだ。

神野木十和からはじまり、壱月、さくら、雪路と繋《つな》いできた想《おも》いが、ちゃんとまほろのところにまで届いたと。

「神野木家のみなさん！　それに、かあさま！　百年の約束を、果たしますからねえ！」

まほろは空に向かって声を張り、大きく手を振った。

終章

「こりゃあ無理じゃのう」

「ええっ!!」

神霊界《しんれいかい》の御所にて、ヌシさまに「お手上げ」というように言われて、まほろは真っ青になった。

白霊石《はくれいせき》のかけらを返すためには、体内に入っているのをどうにかせねばならない。なので、まずは狭霧《さぎり》に神霊界へ連れてきてもらって、ヌシさまへの目通りをお願いした。

実を言うとまほろはこの時まで、それほど心配はしていなかった。

なにしろヌシさまは神さまで、神霊界の守護者で、おまけに白龍さまなのだ。人間にはまったく理解できない不思議な力で、ぽーんと取り出してくれるものだとばっかり。

それが、「こりゃあ無理」である。

顔からどっと汗が噴き出した。ぶるぶると全身を震わせながら、傍《そば》で控えている狭霧を向く。

「お……御使いさま……こうなったらやっぱり、わたしのお腹《なか》をかっさばいて白霊石のかけらを出してもらうしか……」

「まあ待て、まほろ。落ち着いてヌシさまのお話を聞け」

悲壮な覚悟を固め、「ご遠慮なくどうぞ」と言おうとしていたまほろを手で押さえ、狭霧が宥《なだ》めるように言った。

「いやあ、白霊石のかけらはすでに内部で、まほろの身体と心に一体化してしまっておるからのう。腹を裂いたとて、取り出すことはできんじゃろうのう」

「そ……そんな……」

まほろは打ちひしがれて、ぺしゃりと潰れるようにして上半身を伏せた。

神野木《かんのぎ》家の人々が大事に守ってきた白霊石のかけら。まほろが迂闊《うかつ》な真似《まね》をしたばかりに、約束を果たす前に失われてしまったということか。

一体、この不始末をどうやってお詫《わ》びしたらいいのか――

「まほろ、ちゃんと話を聞けと言っただろう。ヌシさまも、あまりこいつを脅かすようなことをおっしゃらないでください」

唇を突き出して諫《いさ》める狭霧に、ヌシさまが「ほっほっほ」と愉快そうに笑う。長い眉と髭《ひげ》に隠れてほとんど表情は見えないが、周りの空気がふんわりと和らいだ。

「さよか、さよか。であれば、結論から言おうかのう」

ヌシさまがこちらを向き、「まほろ」と優しげな声で名を呼んだ。

「此度《こたび》、人間界の『あれ』と協議して、白霊石のかけらの貸与期間を延ばすことにした」

「えっ？」

言い渡された内容に、まほろは目を白黒させた。

「貸与期間を延ばす？」

「特殊な事情に鑑みて、貸与期間は『白霊石のかけらの守り手である神野木まほろが死ぬまで』ということになった。まほろの死後、かけらはその子孫に継承されることはない。死去と同時に貸与期間が終了したものとし、自動的に神霊界に戻ってくるじゃろう」

「あの、わたしが死ねば、かけらは取り出せるのですか？」

「取り出せるというより、肉体と精神の活動が停止すれば、そこにくっついているかけらが勝手に剝がれ落ちる、と言えばよいかのう。白霊石は神霊界のものであるから、人間界のまほろの魂にまでは同化できぬのじゃ」

理屈はよく判らないが、まほろは少しだけ安心した。

「あの……ですが、わたしが死ぬまで、ということですと」

首を傾《かし》げて、遠慮がちに口を開く。

「もしかしたら、しばらく先になるかもしれないと思うのですけども」

今のまほろは、明日のことも考えられなかった頃とは違って、まだ当分は生きていたいと思っている。そしてその間に、自分が幸せになるために何ができるのかを、頑張って考えたい。外の世界のことをもっと知りたいし、いろいろなものを見てみたいし、勉強だってしたい。

　時間はいくらあっても足りないくらいなので、白霊石のかけらをすぐお返しできるようにしますとは、到底言えない。

「ほっほ」

　ヌシさまがまた笑った。狭霧も口元に手を当て、肩を揺らしている。

「よいよい、存分に長生きすることじゃ。うんと健康に過ごしても、百年かそこらじゃろう。それくらいは瞬《まばた》きするほどの間じゃからのう、狭霧？」

「そうですね」

　しれっとした顔で同意してから、狭霧がまほろに片目を眇《すが》めてみせる。

「――儂《わし》が十和《とわ》に白霊石のかけらを渡したばかりに、まほろにはずいぶんつらい思いをさせてしもうた。これからおまえが幸福を得られることを、神霊界の守護者として、切に願うておる」

　ヌシさまが柔らかな口調で言って、皺《しわ》だらけの掌《てのひら》をまほろの頭に乗せた。

　井戸を通って人間界に戻ると、神野木邸の裏庭はしんとしていた。

建物の外にも中にも人の気配はない。「立っていられないくらいの大きな揺れと、爆発するような音がした」と騒ぎ立てて逃げていった女中たちは、その後ここに戻ってくることはなかった。気味が悪くなったのか、周囲の人に嘘《うそ》つき呼ばわりされて責め立てられたのがこたえたのか、全員が辞めてしまったのである。

まあ、戻ってきたところで仕事を失うのは同じだっただろう。なにしろ主人一家はあれっきり姿を消して、消息不明のままだ。

立派で大きな洋館を一度見上げてから、まほろは踵《きびす》を返して、狭霧と一緒に屋敷の門を出た。持っていく荷物はないのかという問いに、黙って首を横に振る。

ここには「まほろのもの」なんて、何一つなかった。

「ではこれから、おまえが住むところを探さねばな」

狭霧は、今後のまほろの生活基盤を整えるための付き添いを申し出て、人間界についてきてくれた。人間界のことをよく知らないあんたが行っても役に立たないじゃないか、という春日《かすが》たちの反対を押し切っての強行である。また壺《つぼ》を狙って変な輩《やから》が近づいてきたら困るので、暮らしが安定するまでの護衛だと本人は主張していたが。

「そうですね、あとは仕事と」

「壺があるから、金のことは心配いらないぞ」

「そういうわけにはいきません。壺の中の金の粒は、できれば使いたくありませんし」

これを持っていないと所在と生存確認ができないとのことなので受け取りはしたが、まほろはなるべくそのことは気にしないでおこうと決めていた。

「自分にはないものを他人が持っている」というのは、人間の羨望と嫉妬を引き出す。それが奮起のための力になればいいが、そうではないことも多いだろう。「羨望と嫉妬」が「怒りと憎悪」に変わってしまえば、そこから生まれるのは悲劇ばかりだ。

狭霧は「うーん」と唸《うな》って、白髪をくしゃりと掻《か》き回した。

「しかし、学校に通いたいんだろう？」

「今さら小学校に行くわけにはいきませんし、女学校に入るには基礎がまったく足りません。いいのです、勉強はいつでもどこでもできますから」

微笑《ほほえ》みながらそう言って、まほろは三冊の本が入った包みをぎゅっと胸に抱いた。

「おやっ、あんたたち、あのお屋敷から出てきたのかい？」

その時、道を歩いていた中年女性に、びっくりした顔で声をかけられた。

「誰もいなかっただろう？　数日前からそうなのさ」

まほろがここで働いていたことを、彼女は知らないようだ。普段はずっと建物内で仕事を言いつけられていて、ご近所と交流することも禁じられていたから、このあたりでまほろの顔をしかと覚えている人はあまりいないのである。

ひょっとして主人夫婦は、雪路《ゆきじ》の血を引いたまほろが、彼女を知る誰かの目に留まることを恐れていたのだろうか。そんな可能性はほぼ無いに近いのに。

口では何を言おうとも、犯した罪は本人の裡《うち》に巣くい、年月とともに疑念と不安を増して、少しずつ心を蝕《むしば》んでいくのかもしれない。

「夫婦と娘がいたはずなんだけど、ある日いきなりいなくなったんだって。まあ、まったく近所付き合いもなかったし、なんだか嫌な感じのする人たちだったから、あたしもよく知らないんだけどね」

女性はそこで、声をひそめた。

「……噂《うわさ》では、一家揃《そろ》って神隠しに遭ったたって」

思わず複雑な顔になってしまったまほろの隣で、狭霧がくくっと笑っている。

「そういうことだから、何度来ても無駄だと思うよ。じゃあね！」

親切な住人はそれだけ言うとまた道を歩いていった。小さく息をつきながらその後ろ姿を見て、まほろは門の向こうの洋館に視線を移す。

「……もう二度と、ここへは来ません」

ぽつりと呟《つぶや》くと、狭霧も「それがいい」と頷《うなず》いた。

「あ、でも、御使いさまが神霊界に戻るには、井戸を通らないといけないのですよね」だったらお見送りをするためにまた来ないと……と言いかけたのを、「いや」と狭霧が遮った。

「あの井戸の道はもう塞いだ。それに当分の間、神霊界に戻る予定はないし」

「そうなのですか」

だったらまだしばらくは、狭霧と一緒にいられるのか――

そう思ったら、急に胸がぽんぽんと弾んできた、顔に血がのぼって、ふわふわと身体《からだ》が軽くなる。このまま空まで浮いていきそうだ。

まほろはまだ、この感情の名前を知らない。

「ところで、まほろ」

「はい？」

「おまえ、いつまで俺のことを『御使いさま』と呼ぶ気だ？」

「え」

思ってもいなかったことを言われて、まほろは目を丸くした。

「カヤもいずなも春日も名前で呼んでいただろう。それに……ほら、あの神使も」

「御影《みかげ》さまですか？」

「俺の前でその名を出すな」

途端に狭霧が不機嫌な顔になった。よほど彼に対して悪い印象しか残っていないらしい。

「どうしてあいつは名前で、俺は『御使いさま』のままなんだ」

「そう言われましても……」

最初からずっとそう呼んでいたので変えるきっかけがなかったし、狭霧も今まで何も言わなかったではないか。

「おまえもしかして、俺の名前を覚えていないんじゃないか？」

疑わしそうに問われて、慌てて手を振る。

「そんなことはありません！　狭霧さま、ですよね」

「……うん」

名を口にしたら狭霧が嬉《うれ》しそうに目を細めたので、まほろの心臓が大きく跳ねた。ちょっと胸のあたりが痛い。寂しいわけではないはずなのに。

これも狭霧に訊《たず》ねたら、答えをもらえるだろうか。

「あのう――ええと、では、行きましょうか、狭霧さま」

妙に恥ずかしくなって、もじもじしながらそう言ったら、狭霧が「そうだな」と頷いた。

二人で並んで、ゆっくりと歩きだす。

気温は低いし、冷たい風がひゅうと吹きつけたが、まほろの中の白霊石が、ぽかぽかと熱を放っている気がした。

……これからまた、新たな旅がはじまる。

富士見Ｌ文庫

白狼様《はくろうさま》と神隠《かみかく》しの少女《しょうじょ》
約束《やくそく》の百年目《ひゃくねんめ》、神使《しんし》が迎《むか》えにきました

雨咲《あまさき》はな

2025年２月15日　初版発行

発行者　山下直久
発　行　株式会社 KADOKAWA
〒102-8177　東京都千代田区富士見2-13-3
電話　0570-002-301（ナビダイヤル）

印刷所　株式会社暁印刷
製本所　本間製本株式会社
装丁者　西村弘美

定価はカバーに表示してあります。

●お問い合わせ
https://www.kadokawa.co.jp/（「お問い合わせ」へお進みください）
※内容によっては、お答えできない場合があります。
※サポートは日本国内のみとさせていただきます。
※Japanese text only

ISBN 978-4-04-075763-6 C0193